我们都有光明以未来

桥头

楼上

Priest 著

国际文化出版公司
·北京·

目录

On the Bridge

- 第一章 (002)
  桥上（一）
- 第二章 (015)
  桥上（二）
- 第三章 (024)
  楼上：油浸泥鳅 vs 海胆之王
- 第四章 (034)
  桥上（三）
- 第五章 (048)
  楼上：第一个读者
- 第六章 (057)
  桥上（四）
- 第七章 (075)
  楼上：黑粉
- 第八章 (086)
  桥上（五）
- 第九章 (099)
  楼上：第二位读者
- 第十章 (111)
  桥上（六）
- 第十一章 (123)
  楼上：读者群

Upstairs

- 第十二章 (133)
  楼上：请假条
- 第十三章 (142)
  楼上：穿帮
- 第十四章 (154)
  楼上：后台
- 第十五章 (163)
  桥断楼塌：锁文
- 第十六章 (178)
  第一重楼

目录

In the Mist

- 第十七章　(189)
  楼上雾
- 第十八章　(197)
  第二重楼
- 第十九章　(206)
  猜猜我是谁
- 第二十章　(214)
  猜到了？
- 第二十一章　(230)
  错位
- 第二十二章　(239)
  第三重楼
- 第二十三章　(248)
  第四重楼
- 第二十四章　(258)
  水中央（一）
- 第二十五章　(267)
  水中央（二）
- 第二十六章　(277)
  水中央（三）
- 第二十七章　(284)
  水中央（四）

Cold Riverr

- 第二十八章　(292)
  水中央（五）
- 第二十九章　(300)
  水中央（六）
- 第三十章　(308)
  水中央（七）
- 第三十一章　(316)
  水中央（终）
- 尾声　(326)

- 作者后记　(331)

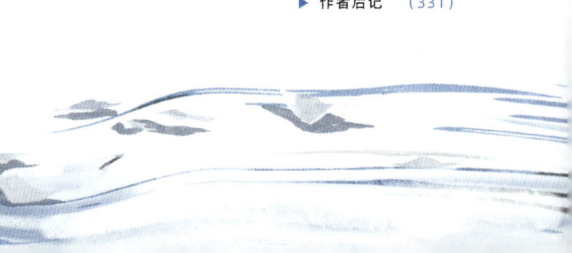

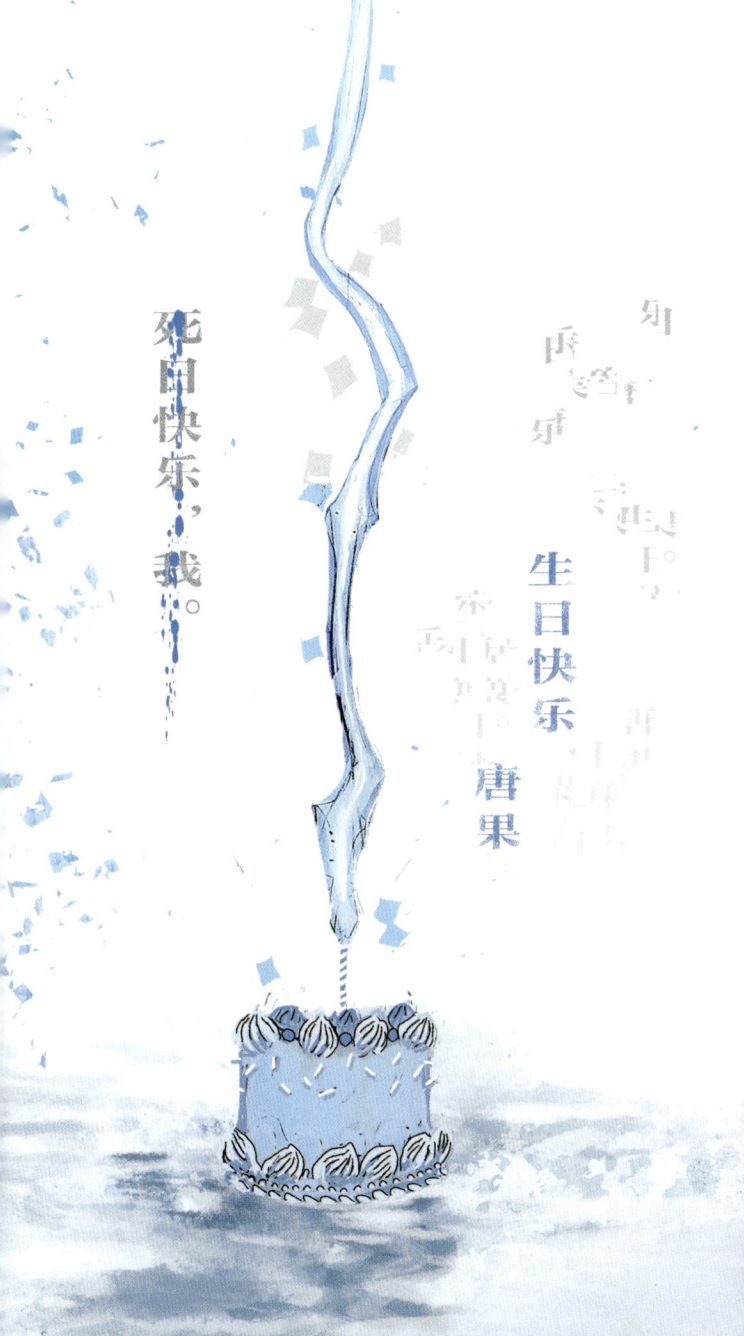

本书故事及人物纯属虚构。

特·别·提·示

本小说"桥上"章节中的错讹处
为特别设计的情节,刻意保留,以服务悬疑创作。

第一章
桥上（一）

文名 [无限] 在恐怖故事里当鬼是怎样的体验
作者 猜猜我是谁

分类：衍生－言情－影视－现代都市
标签（最多四个）：影视同人，灵异志怪，重生，无限流
连载日期：20Y3 年 3 月 17 日
签约信息：未签约
文章状态：连载中
荣誉勋章：石破天惊（新星榜首）

文案：
我在死后的第十八年，陷进了一场阴谋里。

P.S. 午夜盛宴上周大结局啦，宝子们有没有看到鸭？反正本尊贵的 vip 已经准备二刷了！小玉妹妹演的糖糖太可爱了，未来可期！小同人一篇献上，女主中心，灵异 paro，宝子们多多支持，比心~
再 P 了个 S：内容和原剧情关系不大，没看过电视剧的宝子们也可以放心食用。

主角：唐果，水鬼

Chap1 序章

更新时间：20Y3-3-17 12:00:00
内容提要：死后十八年，我这是在……喘气？

正文：

溺水而亡后，我就成了一只水鬼。

他们说，只有执念不休的人死后才不得转生，他们还说，该走就走吧，苦苦纠缠阳世三间，不是误人误己吗？我感觉他们说的都对，有时候我也这么劝别的鬼，可道理都懂，一想起自己来，还是会没来由的不甘心。

凭什么就我这么惨？我到底干什么伤天害理的事了，生前没好活，最后也没好死？但是阴间比阳间还不讲道理，阳间判刑尚且论迹不论心，阴间连想都不行，想就是有杂念，反正思想不正确，我就不能去投胎。

我必须一直泡在水里，直到抓个活人来当我的"替死鬼"才能解脱。

别问为什么，我哪知道为什么？反正就我们淹死的才有这个义务，别的死鬼都不用，活着时候拉屎放屁都有鄙视链，到头来死法还分三六九等，晦气！

可是我良知未泯，理智也还在，真不想干那缺德事，于是我选择成了一位"素食主义鬼"。

意思是说，我只拉自己想死，而且马上要死的人入水，成全他也成全我，双赢。

这是我理想的未来，后来，我的理想让凉水泡发了。

每次看见那些所谓"万念俱灰"的人往水里走，我都耐心的在旁边等，等他们下了水，我才稍微一拉他们的脚，这些人就都开始屁滚尿流的蹬腿，有的还喊救命，到头来我不光完不成任务，还要帮忙救他们，也不知道我是水鬼还是海豚，就很离谱。

可是花有花期，食品有保质期，水鬼任务也是限时的，相传我们有一条十八年死线，如果十八年都抓不到"替死鬼"，我就会像小美人鱼一样变成泡沫化在臭水沟里，永世不得超生。

我以前没当回事，毕竟十八年真的很长，有的人一辈子都没这么长呢！没听说哪个废物十八年都抓不住一个"替死鬼"，可是从去年年底开始，没有鼻子的我突然觉得自己在慢慢发烂发臭，我才猛的意识到，我就是那个传说中的废物。

我的时间不多了，才后知后觉的知道着急上火了，可我是个北方鬼啊，这边冬天水里要结冰，水边又冷，别说人，一入冬，连狗都不来水边撒尿了。

腊月，我挣扎了许久，决定放弃我的素食主义。

开荤！只要有人跳水，我就要拉他下来，不管他后不后悔！

结果我好不容易下定了决心，一整个月都没人自杀，转眼到了正月，我更急了，开始不择手段，我在冰下开了个洞，没有自杀的，我就随便抓个滑野冰的，我都要玩完了，管不了别人死活了！

结果不知是不是太冷了，今年居然连个滑冰的人都没有！

过了上元节，走投无路的我彻底变态了，礼义廉耻顾不上了，我要"替死鬼"！

我准备等冰一化，就直接用水草从岸边拖活人，谁知才刚一开春，该死的水边又装了铁栅栏！

天哪！

这就是我当了十八年好鬼的福报吗？

眼看天一天比一天暖和，我一天比一天慌，进了阳历三月份，我已经差不多绝望了，因为十八年前的三月十七号就是我的死期，谁能想到，十八年后它居然还是！

临近死线，我越来越不清醒，日复一日的，我感觉自己正渐渐化在这潭死水里，水草也不听我使唤了，我又被淹没了一次，一如十八年前，只是这次更漫长，更折磨。

就在我已经山穷水尽，半死不活时候，突然听见"哗啦"一声熟悉的动静，随后水波送来了生人味！

有人翻过栏杆落水了！

我回光返照一样的惊醒过来，差点喜极而泣，说时迟那时快，我毫不犹豫的冲了过去，像饿殍看到了大饼，人长什么样我都没看清，就迫不及待的挥舞着水草缠住了那个人的脚，贪婪又绝望的把人往下拉。

死吧，求求你了！

去死吧，你死了我才能有活路！

然而很快，我感觉不对，这人一点反抗也没有，被我一拉就直挺挺的入了水，石头似的往下沉。

坏了，我心想，不会已经死了吧？

那可真是老天爷玩我了！

我连忙凑上去，这才看清水草拉下来的人是个女的，她头发很长，中等个子，很瘦很瘦，纸糊的似的，被水一泡，样子比我还像鬼。

突然，她睁了眼，一双眼直直的撞上了我。

还好，她还是活人，可是我心还没放下来，就被毛骨悚然淹没了。

那双瞳孔里……那双瞳孔里居然有我的倒影！

我死后就没照过镜子，毫无防备的跟自己的"花容月貌"打了个照面，差点就地魂飞魄散，一时

僵住，而就在这时，我觉得那双眼越来越大，离我越来越近……

随后我眼前一黑，久违的沉重感当头压下来，冰冷腥臭的水争先恐后的冲进我的鼻子和嘴里。

我一个鬼，哪来的鼻子和嘴？

但溺水太痛苦了，根本不容我细想，我本能的蹬腿扑腾，奋力踹开缠了一身的水草，往岸上挣扎，废了九牛二虎之力爬上了岸，我打了个大喷嚏。

等等，喷……嚏？

死后十八年，我这是在……喘气？

我茫然的低下头，看着自己一双菜色的手，傻了。

我好像上了她的身。

我们水鬼……有这功能？

这姑娘不知道多久没吃过饭了，肚皮前胸贴后背，水边冷风一吹，我感觉到了久违的饥寒交迫。

当时我茫然极了：她是死是活？我是死是活？

我俩这算怎么回子事？

没等我想明白，一道手电光扫了过来，有人发现了我……她……唉，爱谁谁吧，太怪了。

发现我的人是个夜间巡逻的保安，嗓门奇大，一嗓子喊出了两站地，附近遛狗的、夜跑的、练广场舞的……也不知都哪冒出来的人，全让他招来了，七嘴八舌的围着我问。

我十八年没说过人话了，还在艰难的找调，可这时，嘴里的舌头却自己动了。

它像条蠕动的虫子一样，我一阵恶心，下意识的张开嘴，听见自己发出了声音。

我回答说：

"我就是喝多了，不小心翻下去了……"

"没事，谢谢，现在已经醒了……我没想不开。"

"不用……不用报警……我家就住附近……前面那小区。"

我起了一身鸡皮疙瘩，激灵一下闭了嘴，那细弱颤抖的话音戛然而止。

五雷轰顶也描述不出我当时的惊惧交加，可这身体胸口的心脏却跳的不慌不忙，和我完全不同步。

这身体的原主没死，她还在，就跟我挤在一起！

两个魂同时控制一具身体，比两人共用一条腿的"两人三腿"赛跑可严重多了，两人三腿跑起来都跌跌撞撞，何况我们现在这种情况？

可怪就怪在，我能无比丝滑的控制这身体，想开口就开口，想闭嘴就闭嘴，一点也感觉不到她的慌张和反抗，可是我一走神松开牙关，她就会自动回周围人的话，还自己站了起来。

第一章

我发狠咬了她的舌头，生理性的眼泪夺眶而出，她也毫不反抗！

我感觉自己就好像开着一辆陡坡上的车，踩住刹车它就令行禁止，脚一松它就自动行驶！

她不慌、不怕我、不排斥我、不阻挠我，就那样抱着不知什么居心，在暗处无声无息的……看着我。

我本来应该立刻跳水里淹死她，可周围人太多了，还有几个好事的老头老太说要叫警察，又吓出我一身冷汗，我可是个阴物，畏光畏火畏阳气，这么多热气腾腾的活人围过来，我已经很窒息了，再招来几个公家人，我怕不是要死在这？

我当时也慌了，只知道语无伦次的一再说不要报警，让我自己回家就行。

有一对路人情侣认出了原主，说"我"是他们楼里的住户，要顺路送我回家。

我们水鬼那点本事，只能在自己淹死的水里用，换个坑都不行，这破身体又瘦又弱，走快了还心慌气短，根本摆脱不了俩大活人，我没办法，只能一路被他们"护送"进了一栋楼里。

幸亏原主的身体会自动按电梯楼层，一直到下了电梯，我才甩脱了两个多管闲事的，准备等他俩一走就溜下楼，回我的地盘去，谁知电梯门刚关上，我还没来的及再按，身后一扇门突然打开了。

我……不是，我这具身体里的心"咯噔"了一下，后脊一冷。

打开的门里探出一颗脑袋，女人的脑袋，她看着有二十四五？还是二十八九？我说不好，她化妆化了一半，脸白的像一张新刷的墙皮，有一头大长卷发，染成了红棕色，编了两条蓬松的麻花辫，她的五官很标志，身材也很好，我挑不出毛病，但她一点也不好看，因为那眼神直勾勾的，冷冷的，像蛇，一看到她，我就觉得原主的身体紧绷起来，瑟瑟的发着抖，本来就没多少的力气快散光了。

那女人皱起细细弯弯的眉，一把把我拽进了屋："疯哪去了，弄成这样？"

她的指甲比匕首还硬，还锋利，我看的真真切切，那根本不是手，是一只披着人皮的爪子。

爪子干燥，冰冷，力大无穷，浓重的玫瑰香水味扑面而来，藏着腥气和腐臭气。

这到底是个什么怪物？！

古怪的少女在水里能看见水鬼，她身边还有个不好惹的妖怪，我到底招惹了个什么？！

还有，我们水鬼是不能附身活人的，那现在这样，到底是我上了她的身，还是……还是她抓了我？！

她是故意的，难怪她一点也不担心自己被鬼上身！

"我让你打电话,你打了吗?"女怪物把我抓进屋里,扔在卫生间门口,就转过身去,对着镜子继续化妆了,好像没发现我的存在。

我知道自己绝对斗不过她,生怕露陷,因此不敢出声,指望原主自己说,可是原主居然也一声不吭。

"你能干点什么?"女怪物似乎习惯了原主的沉默,没在意,画完口红,她的目光就从镜子里滑出来,抽打到我身上,看了我一眼,她又嫌弃的说,"你怎么越长越难看了?"

我和原主一人一鬼继续无言以对。

"把自己弄干净去。"法力无边的女怪物冷冷的吩咐,"洗干净做个面膜,明天带你出去跟人吃饭,再这个鬼样子,你就给我小心点。"

我看到她牙上隐约有血迹闪过,打了个寒战,没等我多想,两条腿就游魂似的拖着我走向南边的卧室,关上了门。

暂时隔开女怪物的视线,我略微松了口气,靠在门上,隐约感觉自己忘了点什么。

漆黑的屋里没有开灯,这时,我被唯一的光源吸引了,床头柜上有一个夜光闹钟,正滴滴答答的走着,显示当前时间是 3 月 16 日,20:08。

我脑子里"嗡"一下,想起来了:还有不到四个小时就是十七日了!

还有不到四个小时，不能逃出去，我就要魂飞魄散了！

【清水文学城，你文学梦想起航的地方！】

本章评论（按回复时间）

【小龙女】：0 分 刚刚
新人榜首，礼貌收藏。
好久没在榜上看见灵异文了，大大加油！

【三号猫猫虫】：0 分 刚刚
有点点恐怖，不是我喜欢的类型，撤了。

【糖糖别怕】：0 分 1 天前
误入的美食厨淡定点啦。
【我老公纸片人】回复：不是误入，是被骗进来的好吧？文案上明明白白写了午夜盛宴同人，内文挂羊头卖狗肉。

【我老公纸片人】：-2 分 刚刚
都市甜宠分类写恐怖故事，蹭热门剧标签不要脸！
都市甜宠分类写恐怖故事，蹭热门剧标签不要脸！
都市甜宠分类写恐怖故事，蹭热门剧标签不要脸！
都市甜宠分类写恐怖故事，蹭热门剧标签不要脸！
垃圾有本事你再删我评！

【此评论已被举报删除】
【此评论已被举报删除】

【冰皮年糕】：2 分 5h 前
为作者送上【玫瑰花】3 枝

【美食永不认输】：0 分 5h 前
被 tag 骗进来的美食厨来这里集合，这篇文跟我们小甜剧有一毛钱关系吗？
【糖糖糖糖】回复：上当 +1。
【kkrtt】回复：+2。
【小龙女】回复：+3。
【糖糖别怕】回复：+10086。

【蜡笔】：0 分 1 天前
灵异悬疑小说？
【糖果外敷等等我】回复【蜡笔】：是午夜盛宴同人哦，不知道什么 paro[1]，作者大大多写一点呀。
【糖糖糖糖】回复【糖果外敷等等我】：不是，美食厨撤了，姐妹你看后文，跟午夜盛宴一点关系也没有，纯纯蹭流量的。

【此评论已被举报删除】
【此评论已被举报删除】

【kkrtt】：0 分 1 天前
这是同人？好怪。

【此评论已被举报删除】
【此评论已被举报删除】

【鱼香一切】：2 分 1 天前

---

[1] 指脱离原作品世界观设定的衍生创作。

为作者送上【玫瑰花】1枝

【此评论已被举报删除】

【旺柴娘】：0分 1天前
好家伙,这评论区的腥风血雨。
作者比闹海的哪吒有排面!

【未熟】：2分 1天前
为作者送上【玫瑰花】19枝

【此评论已被举报删除】
【此评论已被举报删除】

【食不语】：2分 1天前
为作者送上【玫瑰花】1枝

【此评论已被举报删除】
【此评论已被举报删除】

【醋醋Sophia】：2分 1天前
为作者送上【玫瑰花】3枝

更多 >>>

第二章

桥上（二）

Chap2 剪

更新时间：20Y3-3-18 12:00:00
内容提要："我听话。"

正文：

凡人都怕鬼，因为人看不见鬼，鬼却能在黑暗处看着人。

可是这会儿，我看不见她，感觉不到她，她却能监视着我，于是我成了"人"，她成了"鬼"。

卧室门后挂着一面穿衣镜，但女怪物就守在外面，身上腐烂的腥臭味好像会顺着门缝流进来，我不敢出声，只能朝镜子里的人比口型，生怕她看不明白，我一边无声说话，一边在镜子上写字。

我说我没想拖你下水，当时凑过去是想救你的！不信你细想，这么多年，那河沟里出过溺水身亡事件吗？我就是水鬼里的活海豚啊！

然后我屏住呼吸等着，床头上的夜光闹钟吵的要死，一秒一秒的跳，一秒一秒的将我的命蚕食鲸吞，我心急如焚，她却无动于衷。

我继续挣扎，写字的时候手直哆嗦，我跟她说：还是你想让我帮你做什么事？说说看嘛，我很乐于助人的，能帮一定帮。

透过镜子，她面无表情的注视着我，依然不理我。

我真快崩溃了：你到底要干什么？你想把我怎么样？要杀要剐来个痛快的行不行！你……

就在我开始胡言乱语的时候，我忽然发现，镜子里的人表情慢慢变了。

那也是一张不好看的脸，没有血色，五官正在乱飞，上半张脸是慌成热锅蚂蚁的我，一双大过头的眼死鱼似的瞪着，鼻孔张着，而下半张脸是她的，她闭上了嘴，嘴角尖的像一对荆棘刺，朝两边拉平……

黑灯瞎火的小屋里，她抿着嘴，冲我露出了一个无比诡异的笑。

该怎么形容那一笑呢？恕我词穷，反正比我十八年后第一次看见自己的死相还惊悚。

我吓的猛的转过身去，背对镜子，不知怎的撞到了墙上的电灯开关，屋里"刷"一下亮起了惨白的灯光，我一口气还没上来，看清了眼前的陈设，

又险些抽过去。

双层的遮光窗帘紧紧的糊着窗户，屋里异常整洁，被子叠成了豆腐块，床单上一道褶也没有，椅子腿都严谨的跟地板缝对齐了……

而正对着房门的书桌上却铺满了黄纸，上面写着朱砂咒文，"镇"着书桌中间的一张黑白遗照！

我膝盖当场就软了，差点给这位"先人"跪下，这这这……嗯？等等。

我突然发现照片上的人有点眼熟。

强忍着磕头的冲动，我一边默念着"百邪不侵"，一边壮着胆子凑了过去，仔细端详那遗照，片刻后，我倒抽了口气：那照片上的人是我……不对，是原主她自己！

她在卧室里供自己的遗照，还摆出了镇压厉鬼的阵仗，这是在干什么？

我往后一仰，湿淋淋的长头发就不小心把桌上的黄纸符扫了下来，我们阴间人天生对黄纸朱砂一类的东西特别过敏，我忙往后退了两步，定睛一看，却发现那纸符更奇怪。

那些黄纸上既没有九字真言，也没有六字大明咒，写的是普通汉字——还是简体字。

"我对生活充满感激。"

"我很好。"

"我相信一切都会变好。"

"我听话。"

"我爱妈妈。"

……

诸如此类，不一而足。

字写的挺难看，是支楞八叉的孩儿体，血红血红的，看的我一头雾水。

这都是些啥？

我们这物种是水做的，脑壳里当然也全是水，解谜太难为我了！

我盯着那些纸符看了半天，没看出个子丑寅卯来，只好把掉地上的黄纸都捡起来归位，其中一张滑到了床底下，我就趴下去伸手掏，却在床底下发现了一样东西，是一个旧笔记本，还带着那种很有年代感的密码锁。

床底下有很多浮尘，但本子很干净，封皮上有一条软塌塌的痕迹，像是被人翻开过好多次。

我把它掏出来，拿在手里时，忽然有种非常微妙的感觉。

我感觉到原主的呼吸急促了起来，心脏好像轻轻的收缩了一下，肩膀也绷紧了，我又壮着胆子看了一眼镜子，发现原主脸上扭曲的笑容消失了，她

正透过镜子盯着我,眼神阴阴沉沉的。

无端的,我隐约觉她好像既想让我打开这个本,又有点不愿意。

我本来不应该轻举妄动,可这一停下来,屋里闹钟滴滴答答的走时声就更明显了,我又焦躁起来,对了,我就要没了,没时间跟她大眼瞪小眼了!

我用她的手捏住了密码锁,感觉她的手指紧了紧,片刻,手指自己动了,缓缓拧开了密码锁。

硬壳的封皮里面夹了好几种不同质地的纸,摞在一起,锁一开,本皮就弹开了,扉页上有一行小学生字体,写的是:"唐果要开心(偷看别人日记是小狗哦^_^)"。

狗就狗吧,我心说,狗起码是活物,还毛茸茸怪可爱的,比我们水鬼高贵多了,于是欣然受封,翻开了第一页。

20X6年3月17日 星期四 阴

我都十一岁了,感觉自己好老了,唉!

今天,妈妈带我去见了Z叔叔,Z叔叔长的和我想的不一样,不像库洛里多,也不像雪免哥哥,但是他笑眯眯的,说话很和气,和姥爷不一样。

妈妈高兴的好像在发光,我已经搬到妈妈家里三个月了,第一次看到她这么高兴。我们一起去吃了 pisa（我第一次吃）！

排队的时候，妈妈把手放在我肩上，柚子里都是甜甜的玫瑰味。

吃完饭我们就去了Z叔叔家，以后要搬到他家里一起生活，因为他和妈妈要结婚了，Z叔叔家好大，比姚玲家还大好多，姚玲是我在新学校里的好朋友，请我去她家玩过游戏机，我这学期刚从老家转过来，在新学校里已经认识了很多好朋友（姚玲最好），班主任李老师也很喜欢我（李老师是世界上第二好看的女人，第一是妈妈！）

Z叔叔说："给唐果留了最好的房间，推开窗户就是公园。"

他说完，就带我去看了新房间，我看了一眼就害怕极了，在门口不敢进去，对Z叔叔说："叔叔，窗外有个湖。"

Z叔叔就笑着说："对呀，那就是平安湖公园里的平安湖，漂亮吧？多看看湖水对眼睛好。"

可是我不敢看，我怕湖，湖里有水鬼。

【清水文学城，你文学梦想起航的地方！】
本章评论（按回复时间）

【我老公纸片人】：-2分 刚刚
外站刷子滚出去，继续举报，你删一条我刷一条，看是你分多还是我石头多。
【旺柴娘】回复【我老公纸片人】：老妹儿啊，你从上一章刷到这了，怒火都顺着屏幕喷我脸上了。莫生气，气出病来无人替，看不惯点右上角，折磨自己又何必。你看，是不是这个理？

【此评论已被举报删除】
【此评论已被举报删除】
【此评论已被举报删除】

【大官人】：0 分 刚刚
啊这……这是昨天新发榜的榜首？好多错字……的地得小警察表示难受极了。
【旺柴娘】回复【大官人】：她能把话说顺溜已经超越自我了，别要自行车了！

【美羊羊】：2 分 刚刚
我宝儿不是美丽废物了！
我粉了个什么宝藏博主！

【冰皮年糕】：2 分 5h 前
为作者送上【玫瑰花】3 枝

【米糊糊】：0 分 5h 前
作者这一章字也太少了，不太像清水文的风格啊。

【此评论已被举报删除】
【此评论已被举报删除】

【鱼香一切】：2分 6h 前
为作者送上【玫瑰花】1枝

【此评论已被举报删除】

【喵苗秒妙】：0分 6h 前
这是啥，我看看。
哦，一个刷子，走了。

【此评论已被举报删除】

【不要葱花谢谢】：2分 6h 前
为作者送上【玫瑰花】99枝

【大饼饼】：0分 7h 前
一脸蒙进来，一脸蒙出去。

【此评论已被举报删除】
【此评论已被举报删除】

【醋醋Sophia】：2分 7h 前
为作者送上【玫瑰花】1枝

【未熟】：2分 7h 前
为作者送上【玫瑰花】19枝

【此评论已被举报删除】

【食不语】: 2分 7h前
为作者送上【玫瑰花】1枝

更多 >>>

第三章

楼上：油浸泥鳅 vs 海胆之王

现实时间：20Y3-3-19 01:01:00

"清水文学城"是个老牌网文平台，主打女性向，有"原创"和"衍生"两个分站，每个分站都有个"新星榜"。那是个自动榜，每天凌晨 1:00 刷新，展示头天新发连载里"综合热度"前十名的文章。

所谓"综合热度"，包括首发章平均点击、评论、打赏、文章预收藏等一系列参数，刚开始连载就有热度的基本都是人气作者。如果能靠读者基础拿到"新星榜"榜首，就可以挂着"石破天惊"的荣誉章，在文学城手机 App 的"开屏广告"[1]上挂一整天。很多读者点开看到就会顺手收藏，一天下来，文章收藏量涨幅可观，于是"石破天惊"成了众多人气作者必争的广告推荐位之一。

然而，19 日凌晨，一篇没签约、无预收的新作

---

1 指 App 启动时所播放的广告信息。

第三章

者文横空出世，空降开屏广告。

没两分钟，编辑聂凯的手机就炸了。

01:01:15
【纸片（作者橙纸片子：K级）】：什么情况，清水又抽了？谁大半夜摸服务器了？
【纸片（作者橙纸片子：K级）】：没签约，没开过预收，作者号也是新建的，前两章加起来不到五千字，空降开屏？

聂凯是清水文学城衍生频道的编辑，网名"行楷须有骨"，负责管理两百多个签约作者。

这里头年轻的刚成年，年长的已退休，有全职写作的，也有各行各业里没事玩票的，脾气秉性各不相同。挨个记住谁是谁不太现实，聂凯就在备注里给他们都编了码：S类是好说话好沟通的"小甜甜"，N类是"正常人"，C类是"易燃易爆炸"，A类是"一级警戒"。

至于这会儿轰炸她工作号的"橙纸片子"，那是位"K类"人物——刺头中的巅峰，"海胆之王"。

这祖宗也不知道哪儿来那么多时间，白天黑夜在线，一边每日更新万字，一边兼职给网站当"义务纪检"。她今天挂这个抄袭融梗[1]，明天掐那个刷分违

---

1 指网络文学创作过程中汇集各方创意，在作品人物设定、故事套路等方面借用他人智力成果的行为。

规,简直是战斗机中的永动机。一个处理不及时,"海胆王陛下"就会率领一帮跟她一样五行缺作业的小崽,打响"捍卫公平与正义"的战役,在各种社交媒体和论坛上掀起腥风血雨,把倒霉责编坑得满地爬。

"陛下"为新写的"综漫同人"[1]准备了好几个月,开文前还专门花两百块钱在网上找塔罗大师给算了"良辰吉时"。自己也没闲着,到处打听衍生站里其他当红作者开新文的计划,最后慎重地选了3月17日,对"石破天惊"的开屏广告志在必得,一定要拿个开门红。结果今天守到凌晨1:00等"石破天惊"换榜,陛下发现自己的开屏被一个查无此人的"小透明"截了和。

这能忍?

聂凯吃完褪黑素,两小时过去了,依然毫无睡意,正在游戏里消磨时间。对着工作号弹出来的信息,她翻了个白眼,懒得搭理,装没看见。

【纸片(作者橙纸片子:K级)】:行楷,别装死!我知道你没睡!你王者[2]在线呢!

聂凯:"……"

---

1 指将多部动画或漫画中的角色混合在一起创作的衍生作品。
2 指游戏"王者荣耀"。

噫,大意了。

好在聂编辑是根老油条,能装会演,没皮没脸,被戳穿了也不慌乱。

她懒洋洋地把游戏退到后台,打开工作号,手指头活像自己生出了一重人格,现场就开始表演。

【行楷】:!!!
【行楷】:亲爱的我怕你睡了,刚才都没敢打扰你,换榜时候就看见了!什么东西啊气死我了,游戏都没来得及退就喷技术去了!
【纸片(作者橙纸片子:K级)】:你已经在查了?
【行楷】:必须的啊!破服务器,哪天不好抽就今天抽!赶上亲爱的发文😭😭太心疼了!他们这月奖金扣定了我跟你说!
【纸片(作者橙纸片子:K级)】:……所以是什么情况?
【行楷】:还不知道,我们技术你懂的😂,干点正事可磨蹭了,就摸服务器积极。要不你先休息,我给你盯着。放心,今天不解决,他们谁也别想睡!
【纸片(作者橙纸片子:K级)】:🤚那行吧。

对付这种情绪激动的客户,甭管什么事,就是要先不分青红皂白地站对方,再手疾眼快地抢走撒泼打滚路线,比对方还激动,让对方无路可走。聂凯驾轻就熟地把"海胆王"糊弄住了,随手走了个"故障排查流程",递给网站值班的技术员,就不想这事了,又一头扎进了游戏里。

她人菜瘾大[1]，三局连跪，正骂骂咧咧地举报队友送人头，收到了值班技术员的回信。

【管理员404】：行楷，还在吗？查完了，没bug[2]。
【管理员404】：这是两篇文的后台数据，综合热度的各项参数我都核对过了，没错误，你可以把截图发给用户。

聂凯皱了皱眉，她预期的不是这个答复。

空降文《[无限]在恐怖故事里当鬼是怎样的体验》，作为网文，这文名算中规中矩。神秘风的文案倒是有点意思，但对于新人新文来说有点过于简单了，后半部分那个"P.S."[3]后面的话更是画蛇添足。

标签打了电视剧《午夜盛宴》同人，这就离谱——那剧最近刚播完，确实挺火，可它就是个二十多集的都市言情剧，根本没有同人作者发挥空间。同人写啥？把大团圆结局的男女主角写死一个？这玩意儿就算写了也基本都是自娱自乐，哪儿来的读者？

【行楷】：刷的？
【管理员404】：我这边看不出来。玫瑰花确实有点，有几个

1　指心态特别好的游戏玩家。
2　指程序上的缺陷或漏洞。
3　是postscript（备注，又可解释为附言、后记）的缩写，中文意思就是附笔。

新用户刷花数额很大,但这个不好界定。

"玫瑰花"就是读者打赏,一块钱一朵,算作者额外收入,网站也有分成。至于花是谁买的、买了多少,平台管不着,也没法管。

"啧。"聂凯有点牙疼——这可怎么跟"陛下"交代?

聂凯以前是做图书编辑的,后来纸书市场不景气,为房租所迫才转做网文编辑,并不是真爱这行。她的青春时代是读尼采、加缪的,打心眼里看不上那些穿越、修仙、霸道总裁文,平时基本不看自己网站的文,工作就是混,"编辑推荐语"都是让作者们自己写的。

难得地,她起了一点好奇,点开了那篇神秘的"空降文"。

两章,几千字,三两下就滑到了底。

聂凯从头到尾看完,不由得对着手机屏幕陷入了沉思:这啥玩意儿啊?

《午夜盛宴》那电视剧她在公司食堂看过几集,大概知道情节梗概,这篇所谓"同人",除了主角跟剧里女主角同名外,剧情跟原剧半毛钱关系也没有,就硬蹭!

碰瓷热播剧,絮絮叨叨的第一人称,"的""地""得"不分,空降综合热度榜第一?聂凯扫了一眼热烈的读者打赏,疑心自己看漏了什么,又耐着性子拜读一遍……

可它就是"的""地""得"不分啊!还意识流!还"一逗到底"!

橙纸片子大概是等得不耐烦,又开始疯狂给聂凯发信息,催她出来主持正义。于是聂凯顺手又点开了"海胆王陛下"的新文,看了几分钟,面无表情地关上了,心说:半斤八两。

突然之间,她悲从中来:她的工作,就是每天包装这些赛博[1]垃圾,贩卖给麻木的消费者,供他们挥霍时间,赚来仨瓜俩枣,延续她毫无意义的生命。

她怀着一肚子愤懑和虚无,熟练地用"亲亲抱抱举高高"的语气打发了橙纸片子,关灯辗转反侧去了——明天再说。

糊弄和得过且过,就是当代社畜[2]对抗虚无的武器。

四百公里以外,某中部省会城市,刚冲完一杯速溶咖啡的网文作者"橙纸片子"可没打算睡。

"橙纸片子"真名王梦瑶,是个小有名气的同人写手。

王梦瑶的经历颇为传奇:她十六岁就离开了家,

---

[1] Cyber,代指与互联网或电脑相关的事物。
[2] 网络用语,指上班族。

第三章

独自跑到陌生的省会闯荡，最拮据的时候，身上只有十五块钱和一本盗版漫画。餐饮、美容美发、外卖快递……她什么都干过。冬天在火车站打过地铺，夏天在地下室用脸盆舀过雨水，她无亲无故，在人间跌跌撞撞，只有漫画里的"纸片人"是她心之安处。

幸运的是，王梦瑶长得不太好看，没有美色给人惦记，也就没有人处心积虑地拉她进泥坑；不幸的是，她长得不太好看，不好看的女人仿佛会失去"女"的资格，而她当然也没资格做男人，只好不男不女地沦为食物链底端，谁都能来踩一脚。

从十六岁到十九岁，整整三年，她在城市底层不见天日地挣着命，是个生命不息、战斗不止的猛士。

十九岁那年冬天，王梦瑶租的自建民房塌了，天寒地冻，她无家可归，只好拎着行李临时找了个网吧，当夜班前台。为了消磨长夜，她看了好多动漫，还自娱自乐地写了几篇同人文。不知道是赶上清水站签约作者扩招还是怎的，写到五十万字的时候，王梦瑶意外收到了一条邀请她签约的站内短信。

那条短信改变了她的命运。

王梦瑶文笔一般，只会写动漫同人文，但她对纸片人是真爱，更新还勤奋，签约后渐渐攒了一批订阅读者。一开始她有一搭没一搭的，写同人文只是为了消磨夜班时间；后来发现能赚饭钱，她开始每

天都更新，越更越多，还会去研究读者想看什么套路。到现在，她的稿费已经赶上普通白领的工资了。

王梦瑶离开了网吧，辞掉了白天送外卖的工作，搬进有客厅的房子，第一次进饭馆吃饭，第一次受服务员笑脸相迎，第一次去银行开户存钱……她甚至开始计划攒钱买自己的房子。终于，王梦瑶以体面的姿态被冰冷的大城市接纳了。

可她是挨过打的人，挨过打的人永远枕戈待旦。在王梦瑶看来，"洪洞县里没好人"，她得时刻防备着，准备再战斗。

"行楷"是去年新换的编辑，老泥鳅一条，平生只会三板斧：摸鱼、甩锅、和稀泥。那货嘴比食堂地板还油，根本不靠谱。王梦瑶不相信编辑，也不相信网站——人民币玩家砸钱刷花，网站拿着分成，偷着乐还来不及。

所以她决定自己动手。

王梦瑶用她的读者账号——"我老公纸片人"在清水文学城的论坛里开了帖。

李涛：今天衍生站新星榜首是哪位大神马甲？

她掐架挑事的技术炉火纯青，小作文摆事实、截数据、逐字逐句分析读者留言。悬念留得高潮迭

起，数据摆得有理有据，她还会每隔三四句调动一下看帖人情绪，节奏丝滑极了。

不知道为什么，深更半夜里看文的人不多，逛论坛的却不少，很快盖起了高楼。王梦瑶再接再厉，准备把那刷子文里的错别字挨个截图出来嘲，遂戴上放大镜，一个字一个字地给"敌军"义务校对。

pisa、支楞、露陷、雪免、柚子……简直了，这位模仿小学生日记真到位，作者八成就是个小学生本色出演。

檄文发完，她把杯中"三合一"咖啡一饮而尽，刷新页面看回帖。

帖子里正好出现了一条新留言：

【路人123】：她拿开屏很正常，大网红的马甲，某音上百万粉丝，大号"蝴蝶妹妹"，背后还有公司，大伙儿都散了吧。

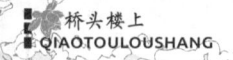

第四章
桥上（三）

Chap3 锤

更新时间：20Y3-3-19 12:00:00
内容提要：七年前她就盯上我了？！

正文：

我看到最后一行，手一哆嗦，差点把本掉地上。再一看日期，三魂都麻了，20X6年，七年前。七年前她就盯上我了？！

我只是个平平无奇的水鬼……可能确实是废物的有点不那么平，有什么值当大人物惦记的？

难道是看我好欺负？

想到这，我心里突然涌起一阵恨意，刚才上楼的时候我就发现了，这小区很干净，她家房子也大，家里用的东西好像都很高档，生活一看就很好，凭什么啊？凭什么她可以过这么好的日子？凭什么她都这么好了,还要来迫害穷途末路的我?

我透过镜子,恶狠狠的瞪着她,可是她不言不语,从我打开那个本开始,原主好像就隐形了,一点回应也不给了。

没办法,我不甘心就这么不明不白的魂飞魄散,只好努力开动潮乎乎的脑筋,一个字一个字的分析现有信息:这身体原主的名字应该就叫"唐果",七年前十一岁,那现在应该十八,生日和我死期是同一天,我俩还挺有缘。

从日记上看,她父母是二婚,亲妈和后爸……后爸就算了,但字里行间,她好像跟亲妈也不太熟似的。

"搬到妈妈家里三个月",这个说法好怪,那搬以前她在哪?

茅山学艺?

我想不出来,只好继续往下看:

20X6 年 3 月 26 日 星期六 多云

昨天我们搬到Z叔叔家里了。

我进屋以后就把窗帘拉上了,怕水鬼从窗帘封里爬进来,又用发卡把窗帘别在了一起,可是晚上睡觉的时候,我好像还是听到了什么怪声音,吓的缩进被子念咒语。

我听话。

我听话。

我听话。

后来声音没了,我也不知道什么时候睡着了,幸好咒语在这里也有用。

20X6年3月28日星期一 雨

搬家以后上学就远了,Z叔叔说,等下学期我有户口就可以转学了,这学期他可以送我。

姚玲看到以后说:"哇,你爸开宝马!你家好有钱!"

我还没开始管Z叔叔叫爸爸,有点心虚,但我没告诉姚玲。

20X6年4月19日星期二 晴

我作文拿了小红花!

李老师夸我善于表达,还让我参加幼苗杯小学生作文大赛,回到家,我想问妈妈要二十元钱,买幼苗杯作文大赛的合集。

妈妈忙着画妆,嫌我挡光,就说:"给个棒chui就当真,你是那块料?"

我听了感到很羞亏,感觉自己可能是有了一点点成绩就骄傲了,骄傲使人退步,我真是太不对了。

20X6 年 4 月 20 日 星期三 晴

虽然不应该骄傲，但我还是好想要书，早上去上学，我一路都在想，如果我有钱就好了。

姚玲说杂志上的文章稿费千字八十元，真厉害呀！

如果我成了作家，我就每个月写一万个字，这样就有八百元了，一百元买书，一百元请姚玲吃pisa，剩下的可以给妈妈买一瓶香水当礼物。

我要买玫瑰味的香水，粉色的瓶子，还要贴一个蝴蝶结，可是我还没想好用什么样的包装纸，学校就到了，Z叔叔开车真快呀！

我下车的时候，Z叔叔悄悄给了我一张钱，叫我收好，别告诉妈妈，我一直抓在手心里，到教室里才敢拿出来看，Z叔叔居然给了我一张一百的！

我从来没这么富有过！一开始想放笔袋里，怕被人看到，最后放在了书包最里面的袋里。

20X6 年 5 月 2 日 星期一 晴

结婚可太累人了，我当花童，拎着花篮站了一整天，还得帮忙收红包，脚都要掉了。

20X6 年 5 月 15 日 星期日 阴

今天我们去上街，买了好多新裙子，还有洋娃娃，娃娃长的有点像我！

我还有了姐姐,妈妈让我这么叫她的,我们三个人一起去了购物中心,买了好多好多东西,还看了电影。

看电影的时候,我一直哭,我真的好害怕。

20X6年6月22日 星期三 雨

今天下了大雨,我没带伞,只能在教室写作业,等雨停,刚写一点妈妈就来接我了,妈妈说姐姐自己出去玩了,今天只有我们两,这是我们两的秘密时间,不告诉姐姐。

妈妈还给我买了新鞋,让我把旧鞋扔了。

妈妈亲了亲我的耳朵,嘴里有香香的薄荷味,说:"扔了鞋,果果就跑不掉啦。"

怪怪的,我躲了一下,没躲开,怕妈妈不高兴,没敢在躲。

20X6年7月11日 星期一 晴

放暑假啦!我语文考的很好,虽然数学不太好,李老师还是选了我当三好学生。

唉,可惜,下个学期我又要转走了。

我要转到家门口的小学去,这样妈妈就不用送我上学了,李老师说那是个好小学,条件比我们枣花路小学好,祝我前成似锦,还送给我一本字典,让我养成察字典的好习惯，以后写日记拿不准的字也要察!

放学以后，给妈妈看了我的奖状，妈妈"奖"了我一个亲亲，还说："我们果果是小公主，长大会嫁给国王，在学校只要开心就好了，不用太累。"

可是李老师说，要努力学习，长大才能做对社会有用的人，我的梦想是当一个作家。

妈妈听完笑了很久，告诉我作家都是穷光蛋，要先有人养活我才能当。

可姚玲的杂志上说了千字八十，写很多就有很多钱。

妈妈说那是骗人的，怎么这样啊，我好难过，可是妈妈说的都是对的。

20X6年7月25日 星期一 晴

姐姐每天中午才起，起来以后就画妆，出去玩，买东西，她还叫我给她折快递，照照片，我学会p图了!

姐姐也会给我买新衣服，给我画妆，照照片，但是她从来不发，她说是因为我不好看。

妈妈也总是说，女孩子最重要的是好看和听话，我很听话了，但怎么才能变好看啊?

最近好困，我睡不好，水鬼一直在看着我，虽然有咒语，我还是害怕。

20X6年8月31日 星期三 阴

今天,妈妈送我去新学校报道,新学校叫育才小学,有好多花,大体育场,还有一座雪白的图书馆楼,我太喜欢这里啦!

就是长筒袜总往下滑。

妈妈问我怎么了,我不好意思说,他还是看出来了,下车在路边买了一卷双面胶,把袜子沾在了我大腿上,感觉好怪,不过袜子不掉了。

就是真的好怪,沾胶的地方像被鬼抓过。

20X6年9月1日 星期四 阴

老师给我排了坐,我的新同桌叫付瑶,是学习委员,好像很讨厌我,下课的时候,一个胖男生跑过来,问付瑶为什么没和他坐同桌,付瑶就生气的指着我说:"因为老师让我帮助弱智转校生!"

大家都看我,我吓了一跳,不知道怎么回答,过了一会儿,还听见有人说我是从民工小学来的。

我是从枣花路小学来的,不是民工小学。

20X6年9月12日 星期一 阴

育才和原来学校教的不一样,数学老师上课点我回答问题,我们那还没学过,幸好我昨天自己看了一点,可是我还没回答,付瑶就在旁边大声说:

"老师她不会！她是那个成绩不计分的！"

数学老师就让我坐下，我听见后面同学小声说"弱智"。

我想哭，但是太丢人了，我拼命忍住了。

如果我是第一名，如果我是学习委员，我肯定会成为每个转校生最好的朋友，我还会当大队长，谁欺负新同学，我就在每周一国旗下讲话的时候批评谁。

我坐在那，想了一节课国旗下讲话要讲什么，下课铃响了，才想起来我不是大队长。

20X6年9月19日 星期一 雨

不想上学，不想看到平安湖。

姐姐就可以天天睡觉，天天玩。

20X6年10月18日 星期二 阴

我不小心靠到了后面人的水杯，后坐的吴鹏推了我一把，骂我是弱智，还用笔尖对着我的背，不让我靠桌子。

后来吴鹏的同桌也开始管我叫弱智，还让别人一起叫。

我和他们吵，付瑶说："你就是弱智，你家长给你开了弱智证明，你不算我们班成绩。"

我不信，我一个字也不信。

20X6年10月22日 星期六 晴

妈妈问我最近怎么了,都不和妈妈亲了,我忍不住说了弱智的事。

妈妈告诉我,育才只要好小学转来的,枣花路小学来的不要,有名额也不行,必须开弱智证明,不计入成绩,才会让我上学。

可是我可以不在育才上学,我想回枣花路,想回李老师那里。

我刚要这么说,妈妈就捧起我的脸,对我说:"果果,要到这个名额不容易的,你要珍惜机会,不听话了?"

吓死我了,幸好没说,不然今天我就不听话了,晚上鬼来了怎么办?

20X6年11月22日 星期二 阴

昨天妈妈喝碎了,给我涂了红嘴唇和红指甲,指甲洗不掉,班主任看到生气极了。

我用小刀刮了两节课,拉破了手指头。

20X6年12月9日 星期五 雪

他们投票选每个班最讨厌的人,付瑶得意的说:"我们班肯定是你。"

课间操上楼,吴鹏和三班的跑上来,往我脖子里塞了一大把脏雪,回到家,姐姐问我衣服怎么脏了,我想告诉她,可是姐姐没等我说就骂了我。

"怎么别人上学都好好的,就你那么多事!"

对啊,为什么我和别人不一样,为什么大家上学都那么开心,我不明白。

这一年的日记到这里就结束了。

通篇的流水账,刚开头看到她爸开宝马,我还有点不爽,后半段写新学校,又把我看生气了,她的新同学真是一帮小垃圾!

我脑子里的水好像变成了一锅热粥,又烫又迷糊,烫是气的,迷糊是没懂。

人物关系我首先就没懂,这家里原来有四口人,"妈妈","叔叔"(后爸),"我",还有个"姐姐",这姐突然出现,也不知道是哪个盆里长出来的,是后爸的孩子吗?跟"我"有血缘关系吗?都没说清楚,反正"姐姐"不上班也不上学,每天就是在家里摆烂啃老,说话还挺难听。

还有一点把我看糊涂的,是跟我有关系的地方。

我又把"3月26日"和"10月22日"两篇来回看了好几遍,确保我没理解错……就是这个唐果好像认为"我听话"这三个字是一句咒语,可以驱赶"平安湖的水鬼"?

这完全是胡说八道嘛!

首先,我们水鬼没那么神通广大。

我们不能离开自己淹死的水域,也不能上岸,不然每天那么多跳楼自杀的,我在天上随便捡一个凑数,不是早能解脱了?因此日记里写的这个每天查房的鬼肯定不是我,也不可能是我的同族。

其次,我们水鬼……不管是什么鬼吧,都不怕"我听话"这句咒语,恶鬼本性就是欺软怕硬,凶的、戾气重的人阳气才足,越胆小越听话的人越爱招鬼。

她虽然能看见我,却一点常识也没有,从日记里看,她好像还怪怕鬼的……好像也没有很厉害?

【清水文学城,你文学梦想起航的地方!】

本章评论(按回复时间)

【旺柴娘】:0 分 1h 前
来了来了,我说诸位,闲着也闲着,大家来盖楼捉虫吧,省得误导小学生。我先抛块砖。这章日记部分,"8月31日"那里应该是"报到"啊,你报什么道,小记者开学第一天采访吗?还有"4月19日"日记:"画妆"→"化妆","兼我挡光"→"嫌我挡光","棒槌(chui)","羞亏"→"羞愧"。"7月11日"日记:"察字典"→"查字典"。

【大官人】回复:太多了吧,首先我们排除了所有"的""地""得"的正确用法。

【大官人】回复:还有"喝醉",喝碎了可还行……

【绫罗】回复:"我们俩",虽然我知道有地方的方言会说"我两个""你两个",但我T好像没这个习惯?作者到底哪儿人?
【请叫我红领巾】回复:最开始那篇日记里有个"窗帘封",有没有可能是"窗帘缝"来着?
【旺柴娘】回复:牛逼,一些错字我甚至想不出来错的思路。

【冰皮年糕】:2分 刚刚
为作者送上【玫瑰花】3枝
看文的人越来越多了,加油。
【旺柴娘】回复:哈哈哈哈是骂的人越来越多了吧。

【云朵棉花糖】:2分 5min前
不知道是不是我的错觉,总觉得日记部分比"水鬼讲故事"还恐怖。就……表面上好像都是鸡毛蒜皮的小事,又说不清是哪儿,让人觉得阴森森的。
"我"这个水鬼应该就是全篇的线索人物,"我"觉得奇怪的地方应该是提示的悬疑点吧?

【绫罗】:0分 1h前
育才小学和枣花路小学有点亲切,作者不会是老乡吧,校园暴力。
【糖糖别怕】回复:楼主来认个亲,T市?
【绫罗】回复【糖糖别怕】:对!我有亲戚家在平安区,在二次元看见熟悉的地名好神奇,就是这文错字太多,有点劝退。
【糖糖别怕】回复:应该还好,日记部分的错字应该是故意的。小学生写的嘛。话说育才风气这么差的吗?
【旺柴娘】回复【糖糖别怕】:故意的?真的吗?我不信。

【此评论已被举报删除】

【智者不跳河谢谢】:-2分 10min前

什么蹭热度的垃圾也能上榜,清水城药丸。

【贴贴 ee】:0 分 30min 前
我们小糊剧还有同人?
【智者不跳河谢谢】回复:不是,别来沾边。

【大官人】:0 分 1h 前
主角偷看别人日记,我们看主角偷看别人日记。
好家伙,搁这套娃呢……

【此评论已被举报删除】
【此评论已被举报删除】

【鱼香一切】:2 分 1h 前
为作者送上【玫瑰花】1 枝

【蜡笔】:0 分 1h 前
视角有点意思。
仔细想,好像是水鬼翻看唐果的日记,偷窥她的一生,唐果本人在旁边看着水鬼偷窥。
我看着你偷窥我。

【memo】:0 分 1h 前
我不行了,好水,这作者也太絮叨了……
【小龙女】回复:真的……

【未熟】:2 分 1h 前
为作者送上【玫瑰花】19 枝

【此评论已被举报删除】

【食不语】：2 分 2h 前
为作者送上【玫瑰花】1 枝

【小猫文学爱好者】：0 分 3h 前
又讲校园暴力的？写烂了，没意思。

【此评论已被举报删除】

【不要葱花谢谢】：2 分 4h 前
为作者送上【玫瑰花】99 枝
我也选上过。
【旺柴娘】回复：啥？

【我老公纸片人】：-2 分 5h 前
呦，公主殿下又来啦，今日份负分接好不用谢。
宁[1]说得太对了，作家都是穷光蛋。宁都住凡尔赛宫了，跑这跟这帮穷光蛋抢什么饭碗啊？

【此评论已被举报删除】
【此评论已被举报删除】
【此评论已被举报删除】

【醋醋Sophia】：2 分 5h 前
为作者送上【玫瑰花】1 枝

更多 >>>

1　代指"您"。

第五章

楼上：第一个读者

现实时间：20Y3-3-19 19:00:00

赵筱云用"云朵棉花糖"的读者账号留完言，翻回第一章重新看了一遍——第六遍了，她还是毫无头绪。

于是她知难而退，放弃思考，刷起了社交媒体。

连刷了五个搞笑视频，"苏摩"[1]终于缓缓生效，赵筱云的身心暂时落回了舒适区。看见个"面包狗"的梗挺火，她就把图转发到了"我爱我家"群里。

【云云】：麻麻！爸比！紧急呼叫！
【云云】：如果我变成面包狗了，你们还爱我吗？
【云云】：

---

1 《美丽新世界》里一种能消除所有痛苦的药。

第五章

群里另外两位成员先后秒回。

【麻麻】：真不愧是我家宝宝🐶，变成狗狗都这么可爱！
【爸比】：哈哈，好无聊，真傻。
【云云】：老爸讨厌！
【爸比】：
> 微信转账
> 收到转账 5000 元

这种把戏对十岁的大孩子来说有点幼稚，对二十三岁的资深宝宝赵筱云刚好。美滋滋地收了红包，她把自己的群名片改成了"棉花糖面包狗"，快乐了一小会儿。

就一小会儿。

这种空虚的快乐好像无本之木，来得快走得也快，当她开始无聊的时候，抑郁的感觉就卷土重来。

这种感觉跟别人说不清楚，甚至她都觉得自己矫情。

赵筱云是独生女，父母都是高知，家庭条件很好。她人长得也漂亮，大眼睛、鹅蛋脸，从小就是那种有什么活动都被选去站第一排的小姑娘。去年大学毕业，她进了一所高中当心理老师，有编制还有寒暑假，待遇也不错，不算天之骄女，也是大众眼里的"人生赢家"了。

她没受过情伤——二十多岁了，还没谈过恋爱，

因为自觉还是个宝宝；她也没受过童年创伤——赵筱云是被娇生惯养大的，父母奉行快乐教育，她从小没挨过打骂，爱干什么干什么，长大连工作都是家里给安排好的。

开车学不好，干脆不学了，她爸妈舍不得"宝宝"被公交车的早晚高峰摧残，给她在学校附近买了间小公寓，从买房到装修，两口子一手包办，连牛奶零食都给她放冰箱里了，赵筱云才拎着包款款入住。这还不算完，她爸妈每周末还得带上钟点工去看她一次，给她洗衣服、做饭、大扫除……不然她连床单、被罩都不会换。

养个她比养只猫省点事，毕竟她不用别人给铲屎……但平心而论，省得不多。

赵筱云没什么雄心壮志，每天上班摸鱼，下班吃喝玩乐，然后跟小时候一样，一门心思地盼着寒暑假。

她也不觉得不求上进有什么不好——全球好几十亿人，总不能人人都惦记着打拼吧，那还不得打成斯巴达？就是要有一些人去引领社会进步，另一些人云淡风轻地过小日子啊。

可惜风不总轻，不管是从西伯利亚进口的西北风，还是太平洋上卷成蚊香盘的大气旋，一年到头，总有几场邪风能扫过来。

第五章

上学期,她们心理组就跟遭了水逆似的,先后有俩老师住院,还有一位上班路上出了车祸,本来挺充裕的人手一下捉襟见肘。以赵筱云的资历,本来还没到接学生咨询的时候,那一阵实在没办法,她也被赶鸭子上架了。

好在她虽然业务水平不行,但长得招人喜欢,一团棉花糖似的大美人看着就治愈。再加上组里分给她的都是情况不严重的,多数时候赵筱云也能对付着干。

临近期末,有个高二女生被她班主任送了过来。

女孩叫杨雅丽,成绩挺好,人也文文静静的。孩子没干什么出格的事,就是最近状态不佳,上课老走神。班主任认为她是学习压力大,给约了心理老师。同组同事忙不过来,大致评估了一下,感觉这学生问题不大,就推给了赵筱云。

女学生是优等生,成熟理智,还挺有礼貌,赵筱云跟她聊了两次,气氛很好。然而就在她以为自己又靠可爱拯救了一个年轻灵魂的时候,出了幺蛾子。

第二次咨询快结束,那个叫杨雅丽的女生突然对她说:"赵老师,你跟别的大人不一样,你不怎么讲大道理,会听我说话。"

赵筱云听了还在那儿暗自臭美,就听女生又说:

"所以老师我在想,能不能告诉你一个秘密?"

赵筱云大言不惭:"当然了,任何时候你都可以相信老师!"

于是,小姑娘就没跟她见外,把袖子往上一撩,亮出两条胳膊上深浅不一的伤痕:"是用美工刀割的。"

赵筱云菜鸟现形,当场傻眼。

赵筱云脑子里一片空白,第一反应是"拿远点,我不想知道"。得有半分钟,她才想起自己的身份,结巴出一句人话:"我、我们一开始就说好了,如果你有伤害自己……或者别人的行为……那什么,想法也算,我就、就要'突破保密原则'的。"

女孩盯着她,眼睛里的光慢慢沉了下去。

赵筱云却顾不上察言观色,话也说得颠三倒四:"我想争取你的同意,看看我们用、用什么方式……呃,当然是你能接受的,我们可以一起讨论一下……然后告诉你的监护人……"

"哦,"她对面的女孩放下袖子,缩回求助的手,"我不同意。"

"不是你爸爸妈妈也行,亲戚也可以,或者其他你信任的大人……"

"赵老师,"杨雅丽打断她,第一次对她不客气,"我没有这样的人。"

第五章

这段老师上课没教过,赵筱云不会了,哑口无言,瞪眼看着女孩站起来走了。

凭赵筱云的水平,已经想不出怎么挽救自己的失误,她只知道一件事:这事她知情了,如果不及时上报,学生出了任何问题,她都有责任。

对于一条咸鱼来说,"责任"俩字就是洪水猛兽,赵筱云焦虑得失眠了一宿,第二天就在没告诉当事人的情况下,直接给学校打了报告。

学校比她还怕担责任,一听这还了得?立刻喊来了学生家长。

家长连打带骂地把学生领回去了,赵筱云全程陪着,没敢看那女孩的眼睛。

新学期开学,杨雅丽回来了,状态更差了。

她的成绩本来能稳上重点,眼看快高三,突然一落千丈,把班主任愁得,天天给她做思想工作。大半个月过去,思想工作毫无成效,眼看班主任的发型从"地中海"直奔了"伏地魔"。杨雅丽终于松了口,答应去见心理老师,但点名只要赵筱云。

于是校领导和班主任一起对赵筱云"寄予厚望",坚持认为她就是能行。分管心理组的主任还在教研会上公开表扬,把赵筱云架在火上烤。

赵筱云简直想哭——学校答应给她安排督导老

师，可一直没到位。那女生每次来咨询教室都一言不发，就似笑非笑地坐着，看着赵筱云使尽浑身解数找话题，跟看耍猴似的。

赵筱云就是团温室里长大的棉花，这娇气鬼受不了气、吃不下苦，还不敢反抗，一点辙都没有。

今天周日，晚自习前又是见那学生的时间，赵筱云照例一个人说得口干舌燥，照例没得到一点回应。突然，一阵委屈涌上来，当着学生的面，她没忍住，眼圈红了。

学生惊奇地看着她，那一刻真是要多羞耻有多羞耻。

就在这时，一直沉默的杨雅丽突然开了口，跟赵筱云说了开学以来的第一句话："老师，你看小说吗？"

"……啊？"

"网络小说，刷清水站吗？"

没等赵筱云回答，女生就拿出手机，转过来一条文章链接，然后她也不说是什么意思，捡起书包，站起来走了。

赵筱云点进链接，发现是一篇才更了三章的网文，她反复研究到快下班，还是一头雾水——既没看懂文，也没想明白杨雅丽为什么给她看这个。

杨雅丽自己写的吗？要表达什么？

"小说……"

第五章

赵筱云想起来就充满挫败感,在"我爱我家"群里发:上班好累,狗狗不想上班了。

她爸妈看见,就像往常一样,用一些"我宝贝那么棒,一定能克服困难""你一直是爸爸妈妈的骄傲"之类哄小孩的话哄她。赵筱云越看越烦躁,一声不吭地退出了微信,不料手一滑,不小心又点开了清水文学城,发现有消息提示。

一个 ID 叫"旺柴娘"的读者回复了她的留言。

【云朵棉花糖】:2 分 10min 前
不知道是不是我的错觉,总觉得日记部分比"水鬼讲故事"还恐怖。就……表面上好像都是鸡毛蒜皮的小事,又说不清是哪儿,让人觉得阴森森的。
"我"这个水鬼应该就是全篇的线索人物,"我"觉得奇怪的地方应该是提示的悬疑点吧?
【旺柴娘】回复:……居然真有人搁这儿分析大蛾的剧情,恕我冒昧,姐妹,你是三次元没有需要动脑子的地方了吗?

赵筱云一愣,感觉这个人好像跟作者很熟悉。

"不会也是我们学校的学生吧?"她想着,试探着发了条站内私信过去。

【云朵棉花糖】私信【旺柴娘】:什么意思呀?请问你是在三次元认识作者吗?

对方好像正在线,很快回了,还在私信里跟她

聊起来了。

> 【旺柴娘】私信【云朵棉花糖】：对啊，我是她颜粉。
> 【云朵棉花糖】私信【旺柴娘】：颜粉？
> 【旺柴娘】私信【云朵棉花糖】：哈哈哈当然了，不看脸难道看她才华吗？
> 【云朵棉花糖】私信【旺柴娘】：请问作者是什么人啊？
> 【旺柴娘】私信【云朵棉花糖】：她大号"蝴蝶妹妹"，是个锥子脸网红，某音上一搜就能看见，搜完你就知道看她写的文有多浪费生命了。

赵筱云心说，那你还看？命长？

一边嘀咕，她一边去搜了"蝴蝶妹妹"，很快搜出个浓妆艳抹的大姑娘。

账号下面一堆视频和照片，不是奢侈品开箱，就是跟下午茶合影。

一点进去，最新一条的短视频就自动播放起来，三千尺的滤镜后，蝴蝶妹妹捧着巴掌大的小脸："是不是好好看，是不是？我就觉得这个包包上写了我的名字！"

赵筱云心说：啥玩意儿？

第六章
桥上（四）

Chap 4 墩

更新时间：20Y3-03-20 12:00:00
内容提要：我很爱妈妈。

正文：

突然，门被人从外面重重的砸响了，我的心和唐果的身一起狠狠哆嗦了一下，没等我反应过来，这身体就上了发条一样，自己站起来开了门。

女怪物就站在门口，她已经化好了全妆，脸艳丽极了，像一朵有毒的花，她手里端着一杯凉水，又把一个装着药的瓶盖塞给我，冷冷的说："吃药。"

这又是什么？我才不吃来历不明的东西！

可是手却不听我的，自己接了过来，她不顾我暗中较劲，顺从又沉默的接了过来。

等等……你坑我的时候怎么没这么乖？！

可她不等，一口就把药咽了，连水都没用。

我感觉到药片滚落喉咙,头皮正发麻,就听那女怪物又说:"不是让你去洗洗吗,为什么还不去?"

因为我有更重要的事要做!

可我闻着她身上的腐臭味,连个屁都没敢放,只能默默的被这身体运着,拿上换洗衣服去了卫生间。

看一个陌生人洗澡,我有点别扭,不过幸好我生前也是女的,死后不做人更是无所谓,而且她身体也很丑,没什么好看的,她草草洗完,刚把花洒关上,我就听见了高跟鞋往外走的声音,随后是关门声。

女怪物是不是走了?

我跳了起来,随便擦了擦,也不管干没干就套上衣服,屏住呼吸出来一看,客厅里果然空荡荡的,玄关衣架上的大衣和皮包不见了,她真的走了!

这么说我自由了!

我高兴的差点直接冲出门去,已经跑到了玄关,又逼着自己冷静了下来。

等一等,等一等……万一她没走远呢?万一她落下东西回来拿呢?

我强行按住自己,看了一眼时间,20:52。

等十几分钟,我对自己说,等到九点十分,她不回来,我就趁机溜回水里去!

第六章

这时，我才来的及打量这房子。

客厅跟唐果的房间好像两个世界，日记里说，这家有四口人，三女一男，可我分不出来另外仨人的痕迹，因为东西太多了。

首饰，各种各样的衣服、鞋、包、化妆品，看不懂的瓶瓶罐罐和包装纸盒……整个房子都要被这些东西淹没了，人迹也被埋了进去。

我也没找到女怪物给我吃的药，在屋里转了几圈，无所适从，只好又回屋拿起了她的日记本。

20X7 年 1 月 16 日 星期一 晴

终于放寒假了，呼！

20X7 年 1 月 18 日 星期三 晴

今天我和姚玲一起回去了枣花路小学，看了李老师。

她们都问我育才怎么样，我说挺好的，然后就哭了，我都没记住自己跟李老师他们说了什么，最后李老师请我喝了奶茶，还说会给我家长打电话。

晚上回来，我才知道李老师真给妈妈打电话了！

我想，要是妈妈听老师的，能让我回枣花路就好了，可是妈妈接完电话什么都没说，姐姐骂我忘恩负义，吃里爬外，如果不是妈妈在，她一定会打

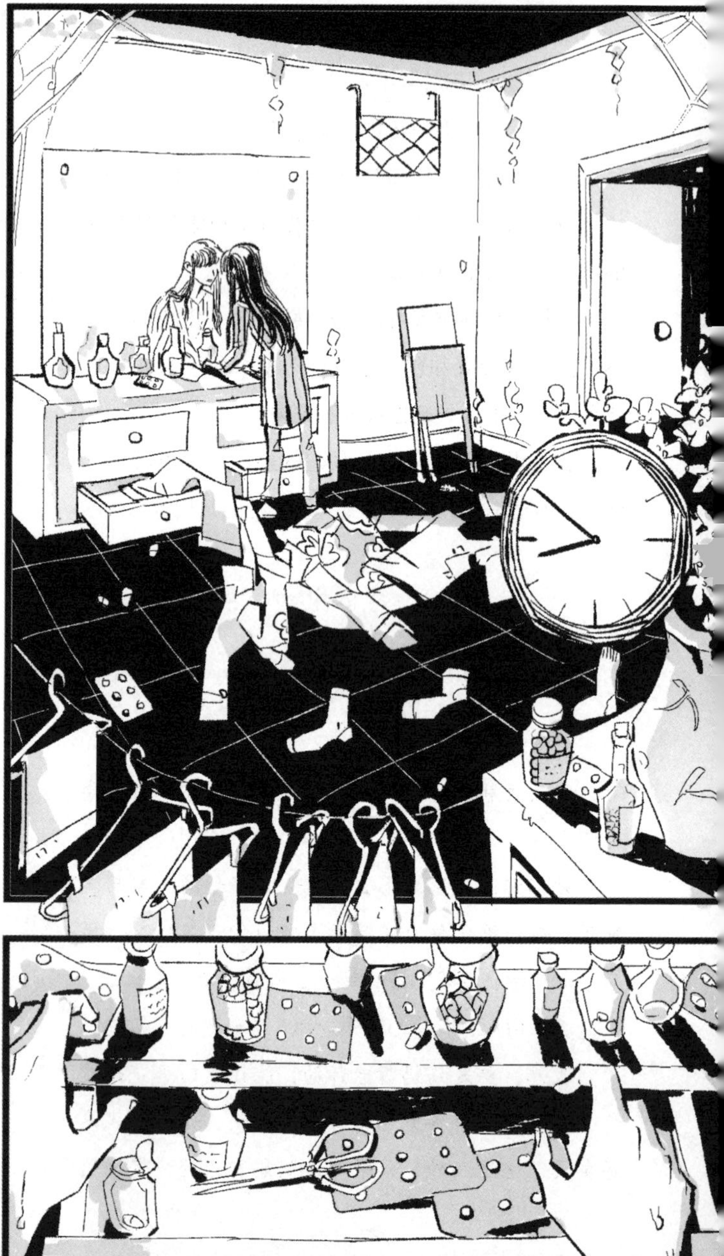

我的，我感觉我好像做错了事。

20X7 年 1 月 22 日 星期日 晴

今天，我

日记到这里突然就没了，"我"字差了一点没写完。

20X7 年她虽然小学还没毕业，但字写的不错，大段的日记又唠叨又工整，可是后面好几页的纸都是皱巴巴的，上面沾满污渍，看不出是什么东西，没有日期，字也都挤在一起。

我勉强能辨认出几行，一开始是"妈妈别走""妈妈别扔掉我"之类，"妈妈"这个"妈妈"那个，看的我直晕"妈"。

后面有几页上面有铁锈色的痕迹，满篇大大小小的字，写的都是"我听话"。

我开始恶心想吐，忍不住心惊，这不会真是一句驱鬼咒语吧？连忙把这一部分翻了过去。

一直翻到后面换纸，本上才重新有了日期，字也回到了线格里。

2 月 11 日

我差一点就被水鬼杀死了，妈妈赶来了，救了我。

回去路上我抱着妈妈的胳膊,她让我抱着,看着车窗外流眼泪。

一直流。

只有妈妈才是世界上最爱我的人。

我永远也不会离开妈妈。

我很爱妈妈。

20X7年2月13日 星期一 晴

下午姚玲给我打了电话,我接起来,没说话,把电话挂了。

我不跟她好了,她很烦。

20X7年3月17日 星期五 晴

祝我生日快乐。

今年过生日我们去了一家新开的酒店,环境还可以,明年还想来。

我最喜欢姐姐送我的王冠发卡了!

20X7年4月2日 星期日 阴

最近长胖了,我都快九十斤了。

小背心里面那个地方疼了好几天,总也不好,还越来越肿,我告诉了姐姐,姐姐摸了一把说没事,到岁数了。

到什么岁数了？但姐姐只说我以后就明白了，不要乱问。

她说话声音很小，像做贼，我好像明白了点什么，又好像没明白。

20X7年4月9日 星期日 晴

妈妈也知道了，给我买了几件新的小背心，像姐姐穿的那种。

20X7年4月10日 星期一 晴

新的小背心好怪，我不想穿，可这是妈妈买的，妈妈是为我好。

我很爱妈妈，不能伤妈妈的心。

20X7年5月3日 星期三 雨

我很爱妈妈，好难受，好想吐。

我剪了妹妹的头发。

20X7年5月8日 星期一 晴

今天早晨进教室碰到了一个女生，我不知道她叫什么，就知道她是二班的，她突然跑过来，还撞了我一下。

第三节下课，数学老师还在压堂，楼道里突然有人大叫，很多人都跑出去看。过了一会儿警车也来了，我们才知道二班一个叫张婷的跳楼了。学生不让离开教学楼，我们最后一节体育也变自习了，大家都在议论。

张婷有点耳熟，付瑶说张婷是二班'班花'，跟我一样，是二班最讨厌的人，原来早晨撞我的女生就是她呀。

"你可别想不开跳楼啊。"付瑶笑嘻嘻的说，"跳也别挑我们有体育课的时候。"

20X7 年 5 月 9 日 星期二 晴

我在书包右边的口袋里发现了一张纸条，是那天张婷塞进去的。

我不敢打开，也不敢把它拿出来，假装不知道，姥姥说过，碰了死人的东西，会被鬼缠上。

20X7 年 5 月 15 日 星期一 阴

张婷肯定跟上我了，我每天上学都感觉她在，可她从来不像水鬼一样折磨我。

她可能是好鬼吧。

20X7 年 6 月 2 日 星期五 晴

昨天是儿童节，妈妈和姐姐都给我买了礼物，

我很开心。

人太开心了就会变弱，晚上咒语也弱了，水鬼掐肿了我的胸，我吓死了，忍不住喊了张婷的名字，水鬼就走了，张婷保护了我。

她真的是好鬼。

可惜她活着的时候我们还不认识，我打开了她写给我的纸条，发现她告诉了我一个秘密。

20X7 年 7 月 9 日 星期日 晴

今天是我在育才的最后一天。

付瑶吴鹏他们有的去了别的区，有的考上了实验中学，反正都不和我一个学校了，我没给付瑶带早饭，也没给她擦桌子，因为我在也不用见到她了。

我们走吧，张婷，永远也不要回这里了。

20X7 年 7 月 14 日 星期五 阴

妈妈说内衣穿几个月要换新的，给我买了好多新的内衣，把旧的拿去扔了。

20X7 年 7 月 18 日 星期二 晴

我帮姐姐收拾屋子，看到姐姐把我的一件小背心拿出来扔进了垃圾箱。

奇怪，前两天妈妈不是把那些衣服拿走扔了

吗？可我还刚问了一句，姐姐就突然打了我一耳光。

我不知道自己哪里做错了，晚上妈妈看到我脸红了，就问我怎么回事，我告诉了妈妈，妈妈和姐姐大吵一架，姐姐狠狠的盯着我，我吓坏了，以后在不说了。

20X7 年 7 月 30 日 星期日 雨

这几天姐姐越来越讨厌我，妈妈不在家的时候，我就躲着她。

我白天躲在屋里，一点声音也不出，实在没事做，就小声给妹妹讲故事。

今天给妹妹讲蓝胡子的故事。

20X7 年 8 月 13 日 星期日 晴

今天妈妈带我去初中报了到，问我姐姐有没有趁妈妈不在对我不好，我说没有。

妹妹眼圈哭黑了，因为昨天我用弄直的订书钉扎了她。

妹妹真可怜，今天给妹妹讲白雪公主的故事吧。

20X7 年 8 月 26 日 星期六 晴

离开学还有不到一个星期，姐姐又在和妈妈吵架，我和妹妹躲在一起，这次不怪我，我什么都没说。

20X7年8月27日 星期日 晴

楼上搬来一家人，今天他们来家里做客了，他们家女儿长的真好看啊，比付瑶好看一百万倍，大家都围着她夸。

我们一起吃了点饼干，她叫林水仙，哈哈，虽然她好漂亮，但名字好土。

她跟我一个初中，还是一个班的，以后可以一起上学了！

我有新学校新同学了，新同学愿意当我的朋友，以后都会变好的。

20X7年9月1日 星期五 晴

开学典礼开完，林水仙叫我一起去购物中心买书看电影，还叫了我们班冯蕊和李馨宁，她们三个人以前是小学同学，现在我们四个人成了一个小组。

她们都是我的新朋友，我从来没和同学一起出去玩过，好期待！

20X7年9月2日 星期六 阴

我穿上了妈妈给我新买的衣服和鞋，也帮助妹妹换了新衣服，上楼找林水仙。

她一开门，我们俩都愣了，因为我俩穿了一模一样的裙子，连鞋都一样，好巧啊。

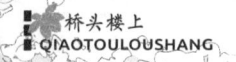

20X7年10月10日星期二 晴

今天课间操，冯蕊认错了人，从后面喊我"林水仙"，因为我俩戴了一样的蝴蝶结。

妈妈总把我打扮的和林水仙一样，林水仙好像越来越不高兴了。

我跟妈妈说了这件事，妈妈说："我是看那个小姑娘很好看才买的，不知道果果不喜欢，果果不会怪我吧。"

我听到这句话很害怕，就不敢说了。

20X7年10月21日星期六 晴

今天妈妈回来很晚，喝醉了，回家就和姐姐吵架，他们最近总吵架。

我今天不想讲故事了，剪破了妹妹的裙子，妹妹很伤心，于是我又后悔了。为了补偿她，我也剪了我自己的"小背心"，这样我们就一样破破烂烂的了。

20X7年10月29日星期日 晴

妈妈从很远的地方给我买了一套发卡，和林水仙的一样，我戴上以后，妈妈开心的笑了，还亲了我的头发。

我很爱妈妈。

20X7 年 11 月 13 日 星期一 阴

我在厕所听见李馨宁说我是学人精。

冯蕊也说："水仙真惨，一脚踩在狗皮糕药上。"

林水仙没说话。

我们四个还坐在一起，但她三个在也没叫我一起玩过，我的朋友又只剩下了张婷。

20X7 年 12 月 2 日 星期六 晴

今天，一个阿姨来了，妈妈说，这个阿姨是爸爸前妻。

阿姨送给我了一个手机当礼物，还带来了他们以前的孩子。

那个女孩比我大四个月，妈妈让我喊她"姐姐"，我有一个大姐姐了，就喊她小姐姐吧。小姐姐会讨厌我吧，因为我抢了她的爸爸和她的家。

20X7 年 12 月 3 日 星期日 阴

前妻阿姨和小姐姐走了以后，全家都很闷，大家好像都不高兴，我不敢出声，早早去睡觉了，梦见我变成了小红帽，狼外婆进来了，要吃我。

幸好妈妈听见我大叫，跑过来开了灯，把我救了出来，我抱着妈妈大哭，妈妈也哭了，今天我的枕头上都是玫瑰味，是妈妈的眼泪。

我不敢玩阿姨给我的手机，但妈妈给了我一块手机卡，说不玩白不玩，我才敢玩。

我就把张婷留给我的纸条吃了下去，按她教我的完成了仪式，这样我们就变成一个人了。

我看到这，遍体生寒。

我原以为这身体里是我和唐果一体两魂，可是……这身体里到底住了多少个魂？

我感觉到处都是眼睛，无数双眼睛在暗处盯着我。

【清水文学城，你文学梦想起航的地方！】

本章评论（按回复时间）

【雪山肥猫】：0 分 刚刚
吓死人了，这什么玩意儿啊，啥事也没说明白就一惊一乍地吓唬人玩。

【冷泡乌龙】：2 分 刚刚
为作者送上【玫瑰花】99 枝
好绝望。
【此楼已被举报删除】
【此楼已被举报删除】
【旺柴娘】回复：你们真的有一点点尴尬哦。

【婆婆就是我呀】：-2 分 10min 前

第六章

从论坛上过来围观,然后我看了整整两章小学生日记。
黑人问号 .jpg
【旺柴娘】回复:哈哈哈作者是不是有点东西。

【我老公纸片人】:-2 30min 前
小学生日记真实得仿佛本色出演。
【旺柴娘】:哎呀,看破不说破嘛。

【此评论已被举报删除】

【蜡笔】:0 分 3h 前
好多前言不搭后语的地方。
【旺柴娘】回复:可说呢,我都没看懂这里面的人都谁是谁。
【云朵棉花糖】回复:没看懂 +1。我一开始以为"姐姐"是继父带来的孩子。但后面怎么又出来个"前妻"和"小姐姐"?还有怎么又出来个"妹妹"?
【小龙女】回复:可能是父母再婚以后生的?
【云朵棉花糖】回复【小龙女】:可是也没提到妈妈生孩子呀,虽然日记不是每天都记,但是妈妈生宝宝这么大的事一般不会跳过去吧?
【旺柴娘】回复【云朵棉花糖】:这位姐妹,你居然还在看!居然还在分析!
【云朵棉花糖】回复【旺柴娘】:虽然……但是……你不是也还在吗……
【蜡笔】回复【云朵棉花糖】:可能继父以前有两个孩子,离婚后跟前妻一人带一个,所以有"大姐姐"和"小姐姐"。"妹妹"可能是亲妈或者后爸谁带来的,也可能是他俩婚前生的,这些都还可以解释,但……你们没觉得奇怪吗?"爸爸"去哪儿了?

【大官人】：对哦,爸爸去哪儿了?
【小龙女】：爸爸去哪儿了 +1
【行楷】：爸爸去哪儿了 +2
【糖糖别怕】：爸爸去哪儿了 +10086
【云朵棉花糖】：所以说,这篇文是在讽刺丧偶式育儿?
【旺柴娘】回复【云朵棉花糖】：咱已经强行蹭了个电视剧了,强蹭社会热点话题可还行?
【行楷】：应该不是,女孩子都上初中了,跟继父交集少正常,互动多才有问题,这设定写育儿不合理。
【旺柴娘】回复【行楷】：那就是作者写着写着忘了,丢人了哈哈哈。
【旺柴娘】：我蛾[1]出息了!!!本文第一个话题楼诞生了!!!还是讨论剧情的!!!诸位仿佛在体检医院专职化验大便的医护人员,可歌可泣!!!

【旺柴娘】：-2 分 10min 前
上一章刚夸完,这一章又不知所云了。
蛾儿啊,你说咱整这用不着的才女人设干啥,脑 X 金找你带货了?

【云朵棉花糖】：2 分 30min 前
内衣,胸被水鬼掐肿……我有些不太好的联想。
【云朵棉花糖】回复：没人讨论剧情吗?

【糖糖别怕】：2 分 1h 前
后半段是说这妈妈故意把女儿打扮成学人精?
太恶心了吧!

---

1 文中是指对蝴蝶妹妹的称呼。

【小龙女】：0 分 1h 前
不太懂,感觉看了个寂寞。
写那个张婷林仙儿什么的一大堆人有什么深意吗?一下出来好多人,都没记住。
【小龙女】回复:啊对不起是林水仙。

【路人甲乙丙丁子户】:0 分 3h 前
姐姐打女主,女主拿针扎妹妹?什么乱七八糟的?容嬷嬷串串香家族?

【此评论已被举报删除】
【此评论已被举报删除】

【不要葱花谢谢】:2 分 3h 前
为作者送上【玫瑰花】99 枝

【红粉凉皮】:2 分 3h 前
为作者送上【玫瑰花】9 枝

【此评论已被举报删除】

【未熟】:2 分 3h 前
为作者送上【玫瑰花】19 枝
【旺柴娘】回复:你们几个刷了几章花了,ID 我都眼熟了,咱刷分别用固马[1] 行不?

【猴头 hotel】:-2 分 3h 前
这东西怎么又被顶上实时鲜花榜了?中午流量小刷榜省钱

1　固定的马甲,马甲指互联网 ID 账号。

是吧？

【醋醋 Sophia】：2 分 3h 前
为作者送上【玫瑰花】1 枝

【食不语】：2 分 3h 前
为作者送上【玫瑰花】1 枝

【八宝馒头】：2 分 3h 前
为作者送上【玫瑰花】99 枝

【鱼香一切】：2 分 3h 前
为作者送上【玫瑰花】1 枝

【冰皮年糕】：2 分 3h 前
为作者送上【玫瑰花】3 枝

更多 >>>

第七章

楼上：黑粉

现实时间：20Y3-3-20 16:00:00

清水文学城论坛上，扒皮作者"猜猜我是谁"的帖子盖了三百多楼——主要是因为扒到一半，楼主掉马[1]，被人发现是作者"橙纸片子"真身，又引发了一场乱掐。

热闹了一天，吃瓜群众兴尽而归，帖子热度下降。谁知才掉出论坛首页，又被人顶了上来。

308【旺柴娘】
还有人在吗？我来晚了，刚摸到这个论坛，有点想给家人们切一切这个五字作者的瓜。
还有人感兴趣吗？
309【咸鱼与菜狗量子纠缠】
嗯？还有料？放个顺风耳！
310【看热闹嫌事大】

---

1 指掉马甲，意思是暴露网络中的名称。

切瓜人[1]ID我好眼熟，跟那文评论区里的旺柴娘是一个人吗？

311【风飘飘兮吹牛哔】

这帖子怎么又顶上来了，就一个开篇榜，至于吗？还没发完疯？

312【路人123】

切瓜人呢？一击脱离[2]了？

313【旺柴娘】

没脱离！刚去爬楼看版规了，切瓜人头一次用清水论坛，家人们见谅哈。

314【风飘飘兮吹牛哔】

大大这回演kj[3]吗？演得真好！呱唧呱唧，看好大大预约明年奥斯卡影后！

315【路人123】

你不想看自己右上出去，到底是谁发疯？

316【旺柴娘】

闲言少叙，讨论了三百多楼，大家现在也知道了，这个发文第一天就"石破天惊"、每天一更新就脚踩一众大神、挺立花海之巅天降紫微星，就是某音的大网红hdmm。

大美女背靠经纪公司、脚下一堆舔颜腿毛，下凡网文圈，营销推广一整套组合下来，简直是降维打击有没有！

网文圈生态咱也不懂哈，在此姑且不讨论。但本人作为大美女蚕宝宝时期就关注了她的老粉，想给家人们分享点独家爆料。

317【路人123】

哇哦！

318【爱心小萌萌】

……蝴蝶幼虫不是毛毛虫嘛，蚕宝宝长大以后只会变成扑棱

---

1 指讲八卦的人。

2 指留一句话后没下文了。

3 指在一个论坛里没弄清规矩、贸然发言讨人嫌的新人。

蛾子。

319【瓜猹瓜猹】

切瓜人是 kj 我也蹲了。

楼上虽然注意力跑偏,但抓住了亮点。扑棱蛾子是 hdmm 的黑称。

320【旺柴娘】

大美女最开始只是个普普通通的颜值博主,分享穿搭探个店啥的,后来因为一段一分钟的民族舞走红,签约了经纪公司,开始立白富美人设。

这人设展开细说,就是"热爱传统艺术的大小姐,不谙世事的笨蛋美人"。

大美女自称 T 市土著,在日常视频里出入各大品牌 vic[4] 小黑屋,豪车豪宅随机入镜,一度用力过猛,发表过一堆何不食肉糜的金句——比如"私人住宅里的电梯居然是公用的""坐地铁攻略哪里查""人均五百元的平价餐厅"等,为广大人民群众贡献了许多有趣的梗,赛博空间中一度充满了快活的空气。于是我们不禁要问,究竟是什么样的家庭才能养育出这样的娇花呢?我忍不住好奇,浅浅追溯了一下大美女的生活轨迹,

长图

---

4 是 Very Important Client 的缩写,指超级贵宾。

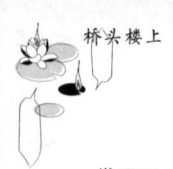

发现了一些有趣的照片。

阿弥陀佛，信女愿一天三顿吃肉，换清水别吞我图，家人们能看见吗？

321【路人123】

什么！

这是hdmm？

322【旺柴娘】

这几张老照片是从大美女初中同学的相册里扒来的，下面让我们来看图说话。

从图中可以看出，大美女从小颜值就高，是个我见犹怜的小美人，但离现在的样子还有一段差距，那她是怎么发育的呢？当然是依靠高科技的力量啦（没有说高科技不好的意思，医美是个人选择，先天美人和后天美人都是美人）。而且她很聪明，没在脸上大兴土木，也保留了自己的特点，让人看不出哪儿动了，但就觉得整个人脱胎换骨。

也正是因为这些小特点，我们才能确定这是她本人。请大家观察她的眼形嘴形，嘴角的痣，还有决定性的证据——手腕上蝴蝶形的胎记。

对比图如下：

啧，该说不说，这脸做得是真绝。

不过言归正传，咱也不是要给她的大夫做广告，那为什么要说这一点呢？

家人们，敲黑板，重点来了！

确定了这个人确实是蚕宝宝时代的大美女后，我顺着她同学的照片库找到了这张照片：

能看清吧？

穿着校服的集体照，大美女在第一排中心位，后面是学校大门：W县XX乡中学。

给大家科普一下，W县是G省五线城市L市下辖县城，讲真是个挺不错的地方，空气好水质好，盛产多种农副产品，物美价廉还包邮……扒到一半我又忍不住下了一单笋干五香豆，不知道怎么配不上大美女了，被取消籍贯资格，也是惨。

323【瓜猹瓜猹】

瓜农好好切瓜，咋说一半还带起货了呢？啥好吃的，给我看看。

324【旺柴娘】

回楼上，论坛不让放外链哈，你直接橙色软件[1]搜地名就行，买之前注意看看店家发货地址对不对。

---

1 代指购物软件。

好，我们再次回归正题。

声明：以下内容来自网络爆料人，本人道听途说，只是转述，真假概不负责，大美女要给我发律师函，我立马跪下删帖道歉。

聊天记录不贴图了，大家去网上搜"蝴蝶妹妹扒皮"，应该还能搜到。

从爆料人的话里，我们可以总结三点：

第一，大美女根本不是 T 市土著，父母也不是企业家，她父亲早年是 W 县的水泥厂工人，下岗后外出务工，母亲开早点店，很辛苦，每天凌晨两三点就得起来备小菜。

第二，大美女不是艺术生，也不是在所谓"贵族学校"上的中学（奇怪了贵族不是糟粕吗，怎么都 3Y02 年了还有人以身披僵尸皮为荣）。她从 XX 乡中学毕业以后，上了本地一所职高，没毕业就退学了，转行做了模特。可是我们大美女虽然美丽，身高只有一米六，也没见她上过什么杂志（也许上过，但删得比黑历史照还干净，我没搜到）。什么模特这么"接地气"呢？咱也不敢问，咱也不敢说。

第三，大美女从初中开始就可谓人情练达，现在每天在网上装清纯智障，纯属照顾广大网友的自尊心，善人也！

325【路人 123】

厉害，掘地三尺，楼上你是真恨 hdmm，当黑你是干这个的。

326【看热闹嫌事大】

我相信瓜主不是 czpz 马甲，这行云流水的黑帖里没有 czpz 那脑干缺失的独特美感。

327【刷尼玛】

楼上是不是有病？这都能趁机黑一下其他无辜作者？

328【旺柴娘】

【引用 56l】日常视频里不小心拍到清水城作者后台存稿箱，遮遮掩掩勾搭粉丝问，再让助理在直播的时候"不留神"说漏嘴。

第七章

看来前面大家已经扒出蛾的笔名是怎么"掉马"的了,那我再补充一点大家不知道的:关于蛾为什么写个故事,要蹭《午夜盛宴》呢?

其实这事跟女主演员小玉有关系。

329【瓜猹瓜猹】

瓜主快切!

330【旺柴娘】

这就涉及蛾的另一段黑历史了。

前文咱说了,蛾走红之前是个颜值博主,其实那会儿她小火过一阵子,尤其是一个模仿明星私服系列。小玉是被她模仿过的明星之一,客观说,有了高科技加持以后,蛾的五官确实有点像小玉,再加上滤镜和刻意模仿,当时就有很多人说她是明星脸,还有人捧她踩原版。

玉粉当然就很气,对着蛾一通扒,现在好多料能保存下来,全靠当年的玉粉姐姐们,大家记得感恩。

当年还是蚕宝宝的蛾知道自己惹不起,屁都没敢放一个,删照片删视频,息事宁人。但谁能想到,人家几年后改头换面红了,这不就回来写同人了嘛。

不知道大家有没有去围观《当鬼》那篇文,虽然写得神神道道狗屁不懂,但对女主"唐果"的恶意隔着五十米都能闻见味。

黄晶晶一气呵成地打完整段话,一点上传,页面卡了一下,紧接着她屏幕上跳出弹窗:

> 本帖含有不健康内容,请勿再回帖。
> 有异议可进入申诉程序。

帖被封楼了。

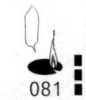

"啧。"她把键盘一推,"玩不起。"

黄晶晶本来没有看网文的习惯——没那闲情逸致——她是为了蝴蝶妹妹,专门跑到清水站注册的读者账号"旺柴娘"。

黄晶晶今年三十八岁,名校出身,硕士毕业,已婚已育,现在孩子都上小学了。按社会刻板印象看,她这样的人,跟赛博世界的"粉粉""黑黑"应该没什么交集才对。就连她也想不通,自己小时候都没追过星,怎么人到中年,单对这个蝴蝶妹妹"情有独钟"呢?

非要追溯孽缘,大概是两年前,黄晶晶见过蝴蝶妹妹真人一次。

那天是她三十六岁生日,爱人陪她去买生日礼物,两人在一家奢侈品店里逛的时候,正好遭遇蝴蝶妹妹驾到。那姑娘脸上妆浓得看不出底色,身后跟着数不清的助理,"呼啦啦"地往店里一拥,目中无人的样子给黄晶晶留下了恶劣的印象,东西都没买就走了。

后来上网搜到了蝴蝶妹妹是谁,黄晶晶也只是讨厌她,偶尔刷到黑料会点个赞,倒也没浪费别的精力在不相干的人身上——直到有一次她半夜失眠,漫无目的地刷社交媒体,无意中看到蝴蝶妹妹人设

第七章

造假、学历造假的扒皮帖。

点进去一看,黄晶晶震惊了:因为 W 县是她的故乡,XX 乡中学正好是她的母校!

黄晶晶永远记得她拿着班级钥匙,每天清晨五点就去教室里晨读的三年。三年之后,她不负努力,以全县第三名的成绩考上了市里的重点高中。不出意外,她的照片现在应该还挂在 XX 乡中学的光荣榜上。

那一刻,黄晶晶心里说不出是什么滋味。

是因为自己奋斗过、爱过的地方被人弃之若敝屣?又或者,是觉得蝴蝶妹妹矫揉造作的样子给老家和母校抹黑?

可能还有别的,她说不清,反正从那以后,黄晶晶恨起了蝴蝶妹妹。

前一阵蝴蝶妹妹装文艺翻车,被人嘲笑没文化,忙不迭地树起才女人设——这姑娘也是逗,见不得别人说她一句不好,总想"打肿黑的脸",因此干出了不少可乐的事。这回尤其离谱,她居然想当起"作家"来。果然应了电影里那句经典台词:"一个二十多岁,无所事事的年轻人,多半会把自己想象成一个作家。"

黄晶晶一开始是来看笑话的,笑到第四章,文中有一个地方让她出离愤怒了。

第四章行文依旧乱七八糟，但是里面写了20X7年一个名叫张婷的小学女生跳楼自杀事件。

这事是真的，就发生在T市育才小学。

六年前，黄晶晶还没辞职。

那会儿她是个媒体记者，小学女生自杀事件是她辞职前挺着大肚子跟进的最后一篇报道。那小姑娘张婷是单亲家庭，母亲有严重的精神障碍，母女两个都靠外婆养活，外婆是个退休教师，为人苛刻好强……甚至可以说控制欲强得有点变态，把女儿养疯了，把外孙女养成了个畏畏缩缩的小冻猫。

小冻猫没法从家里得到一点温暖，在学校又被别的孩子欺负，忍无可忍，从五楼一跃而下。

采访的时候，那冰冷的、坟墓一样的家庭，外婆那种"我没什么好说的，她给我丢人了"的态度让黄晶晶无限共情了死者，情绪起伏过大，差点早产——也正如此，她才决定离职。

黄晶晶当时给死者严密地打了码，只把笔端削尖，对准了家庭和学校，不想让那个被装进蓝色裹尸袋里的小小尸体死后还被人议论"现在孩子真脆弱"。

谁知时隔六年，蝴蝶妹妹把女孩的真名和具体信息大咧咧地公布了出来，还要借此炒作！

黄晶晶不知道蝴蝶妹妹是怎么知道张婷的，但这不是在吃人血馒头吗？

她一怒之下开始刷负抖黑料,怕把视线引到张婷身上,还要小心翼翼地避开这最大的黑点,结果帖子还被封。

黄晶晶提交了申诉,又准备向网站举报那篇破文侵犯隐私,点开文章的时候,发现文下多了一条评论。

【糖糖别怕】：0 分 刚刚
建了个读者群,群号 XXXXXXXX,进门写对女主名字就可以,支持大大的宝子们来聊天呀!

第八章
桥上（五）

Chap 5 斧

更新时间：20Y3-03-21 12:00:00
内容提要：抓住了一只大螃蟹

正文：

我在这鬼地方是一秒都待不下去了，太可怕了，人间太可怕了！

按说鬼都是活人变的，我以前真的在这种地方活过吗？想到这，我愣了一下，记忆有点模糊，心里有一个细细的声音说："对呀，不然你是怎么死掉的？"

我浑身发毛，不敢细想这是谁的声音，反正肯定不是我！

我顾不上女怪物是不是真走远了，三步并两步冲到门口就想逃出去，用力拧门把手……没拧开。

我又拉又拽，折腾了半天，那厚防盗门纹丝不动，这才意识到，它从外面反锁上了。

第八章

我愣在那，好久抬起头，在门口穿衣镜里看见了唐果的脸，她的表情很平静，好像早知道，早习惯了一样。

我一开始好怕她，后来又恨她，因为不知道她会用什么手段对我，还因为她能过这么好的生活，还要整我，要害我魂飞魄散。

可是站在反锁的门和穿衣镜前，我突然不那么怕，也不那么恨了，我有点心酸，觉的她也可怜。

对着镜子，我问她："她是你什么人？"

她静静的看着我，就在我以为她还是不理我的时候，手自己动了。

她在镜子上一笔一划的写：妈妈。

我说："你妈？亲生后妈？不可能是亲的吧？"

哪有这么恐怖的亲妈？再说那女怪物看着也太年轻了，不像能生出这么大女儿的。

手从镜子上滑落下去，她又一声不吭了。

我刚想再问什么，突然头一晕，我有了种奇怪的感觉。

我不知道怎么形容，就好像……走在路上突然腿软摔跤，将摔未摔的那一刹那，时间好像变慢了，脑子跟身体好像脱节了……有种懵懵的游离感。

糟糕，可能是那两片药！

女怪物到底给我吃了什么？！

这个大门是要钥匙才能反锁的,也要钥匙才能开,不用想也知道,女怪物既然把我们反锁住,家里肯定不会放备用钥匙。

我无计可施,只能驴拉磨似的在房子里乱转乱翻,有门的地方都要拉开看看,越翻越奇怪。

其实像我这样掘地三尺的刨,还是能翻出一点男人的东西的,鞋柜最深处有尺码很大的男鞋,橱柜里也有大码男装,但很少,而且东西都很新,好多连标签吊牌都没拆,它们被淹没在各种各样的女性用品里,就像日记本里那个出现了一下就隐形的后爸一样没存在感。

除此之外,我还找到了一个大信封,里面夹着几张古早的汇款单,大约都是十七八年前,手机什么的没那么普及的时候,金额少的一千多块,多的接近一万,一两个月就有一张,林林总总加起来,一年快有十万块了。

汇款单下面还有一张老照片,一个女孩抱着个婴儿,我仔细看了很久,认出那女孩好像就是刚出去的怪物。

她那会儿大概十五六岁的样子,很年轻,很瘦,脸上没有脂粉,拍照的时候没笑,抱着孩子的姿势却很自然。

婴儿就是唐果吗?

如果是十五六岁生了孩子,女儿十八岁,妈妈也就三十出头,再加上化了妆,确实可能看不出年纪,十五六岁肯定不是结婚生的孩子,所以孩子一直没带在身边,唐果日记里也提到了"姥姥姥爷"什么的,那些汇款可能是给父母的抚养费。

如果是那样,抚养费给的可真不少,这妈当的够意思……那后来怎么会变成这样?

我站着想了一会儿,想不通,头越来越沉,我感觉自己越来越不对劲了,明明醒着,脑子却越来越迟钝,明明应该着急上火,心却平静的像快不会跳了一样,静立了一会儿,我居然有种忘了自己是谁、自己再哪的感觉……直到儿歌声惊醒了我。

"圆圆的大湖飘柳叶,水里的仙女不穿鞋,娃娃饿了想宵夜,仙女说,小菜一碟……看,抓住了一只大螃蟹!抓住了一只大螃蟹……"

这声音很尖,很单薄,像小孩,空荡荡的房子里,回荡着簧片一样刺耳的儿歌声,我哆嗦了一下,发现竟然是这身体自己唱的。

我猛的闭上嘴,她"呜呜"几声,就不吭气了。

不知出于什么想法,我又梦游似的转回她的卧室,捡起了日记本。

20X8年2月27日 星期二 晴

今天是寒假最后一天，还是妈妈阴历生日。

妈妈带着我出去了，只有我们两个人，我们一起去吃了漂亮的西餐，蛋糕也是让我选的。

吃饭的时候，妈妈问我："以后我们没钱了，吃不起这些了怎么办？"

没关系啊，我会做饭，我们不用去外面吃，而且我只要吃一点点就行了，我已经很胖了。我对妈妈说："等我长大就好了，我去挣钱。"

妈妈说："女孩长大就是别人家的了，有钱也给别人花。"

我不会的，我有钱永远先给妈妈花，可妈妈还是不信，我说那我发誓，写保证书，妈妈就笑的前仰后合，让我少看电视剧。

晚上回去，妈妈走在前面，其实我已经长的和妈妈差不多高啦，可是不知道为什么，还是觉的妈妈很高大，很厉害，像美少女战士，像观月老师，我是一只很小很小的小鸭子，小山羊，什么都不想，只要乖乖的跟着妈妈就好。

我赶上去抓住了妈妈的袖子，妈妈没抽走，我就又抱住了她的胳膊，她袖子上都是好闻的玫瑰味。

我给妹妹做了小蛋糕，梳了新发型，今天要抱着她一起睡。

20X8年3月9日 星期五 晴

今天,妈妈带着我去了一个地方,交了压金,以后要搬到这里住了。

我太高兴了。

妈妈说我缺心眼,这里又小又破,也看不到湖景,高兴什么?

我就是高兴,和妈妈在一起,去哪都高兴,我才不想要平安湖,湖里有鬼。

20X8年3月17日 星期六 晴

妈妈病了,昨天半夜去了医院,今天要留在医院检查,我一个人去了水晶宫过生日。

那我们还搬家吗?

20X8年3月23日 星期五 阴

妈妈从医院回来,带回来好多药,药味把玫瑰味都冲散了。

我很担心,没睡好,数学课睡着了,被罚到外面站着。

老师说最讨厌我这样只知道打扮的女同学,长大后只能当家庭妇女。

20X8 年 4 月 13 日 星期五 雨

妈妈住院了。

我很害怕。

20X8 年 4 月 15 日 星期日 晴

我听话，我听话，我听话，我听话。

20X8 年 4 月 22 日 星期日 晴

妈妈回来了，我爱妈妈，我最喜欢和妈妈在一起了。

20X8 年 5 月 7 日 星期一 晴

姐姐变温柔了，不和妈妈吵架了。

我心里好难过，觉的很孤独，妹妹眼睛一眨一眨的看着我，什么也不懂，我讨厌她，她是个拖油瓶。

20X8 年 6 月 18 日 星期一 阴

今天，我来了"那个"，体育课可以请假的"那个"，肚子好疼，我不知道怎么办，只能用纸垫着。

回到家，姐姐看到，问我怎么了，我悄悄告诉她我来"那个"了，姐姐愣了一下，看我的表情很奇怪，就好像我发没了、长虫了……被丧尸病毒感染了。

妈妈却很高兴,说我长大了。

姐姐把一包"小面包"丢给我,说:"拿好,别被人看到,以后自己记着日子。"

我来了"那个",姐姐就讨厌我了,我很冷,肚子疼,我不想要这个,不想"长大"。

20X8 年 9 月 10 日 星期一 晴

每次来"那个",我都像偷了东西一样怕给人知道,结果今天我的"小面包"还是被林水仙她们发现了。

冯蕊就说胸大的人来那个早,来了就不会长高了,李馨宁说我以后就是"妇女"了,再去医院要看妇科。

晚上回家,我用红笔在妹妹胸上画了一对 X。

真恶心,小背心恶心,小面包也恶心,"那个"恶心,妹妹也恶心。

20X8 年 10 月 4 日 星期四 晴

妈妈又喝酒,一进门就喊我,姐姐把我推到一边,我听见他们又吵架了。

真好。

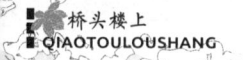

20X8年10月5日 星期五 晴

我一觉醒过来，闻到了玫瑰味，被子里都是玫瑰味，是妈妈的味，难怪昨天睡的好。

但是我醒来，妈妈已经不见了，她好像我的一场梦，梦里妈妈摸着我的头发说，我们不搬家了，还是住好房子，吃好东西，过好日子。

20X8年11月1日 星期四 阴

妈妈给姐姐买了礼物，姐姐也会帮妈妈做事了，他们彻底和好了。

我和妹妹也很好，我扎掉了妹妹一颗眼珠。

20X8年12月24日 星期一 晴

今天是平安夜，晚上放学，妈妈来学校接我出去玩，我们回到家，看到姐姐坐在客厅等着我们。

我问她，是知道我们出去，所以一直在家等吗？

她不回答，我就追着她问，姐姐发了火，抬手打了我一巴掌，说我不应该出生。

我回到屋里，等我冷静的时候，妹妹已经掉在地上了。

全家都睡了，现在应该是"明天"了，我抱起妹妹，给她套上了白纱裙，出门把她丢到了平安湖边，心里想：我们都不该出生，让水鬼把我抓走吧。

但是等了很久，水鬼没有出来，不过也可能我已经是水鬼了，只是自己还不知道。

20X8年12月25日 星期二 晴

早上上学在电梯里碰上林水仙，妈妈让我和她一起走，我们谁也没说话，路过公园，看到了警车。

他们发现妹妹的尸体了吧？发现了也没关系。

我低着头跟着林水仙走，像她的仆人一样。

她又瘦又高，马尾辫上有个漂亮的蝴蝶结，身后跟着一个仆人一样的凶手，嘻嘻。

【清水文学城，你文学梦想起航的地方！】

本章评论（按回复时间）

【我是谁的饭饭】：2分 刚刚
为作者送上【玫瑰花】9枝

【zz_小布布】：0分 10min前
意识流，看不懂。

【大官人】：0分 30min前
这是活人写的文吗？杀人不偿命啊？还有这孩子杀人抛尸咋一点也不紧张啊？

【云朵棉花糖】：2分 3h前
人物关系好诡异。

我试着捋一下:这家里应该是有五个人一起生活,"爸爸"一开头出现了一下就不见了,"妈妈"有时候奇奇怪怪的,今天这章看又有点温情,"姐姐"会打骂女主,但女主从来不反抗,父母也从来不制止,女主虐待"妹妹",挖眼扎针,甚至最后虐杀,父母也从来不制止?

【旺柴娘】回复:这姐天天又打又骂又PUA[1],女主连个屁都没放过,妹妹从开篇到现在一句话都没说过,就这么被捅死了?这跟谁说理去?

【小龙女】回复【旺柴娘】:弱弱地说,虽然没看懂,我感觉唐果还挺喜欢姐姐。

【旺柴娘】回复【小龙女】:?

【蜡笔】回复【小龙女】:是的。乍一看,"姐姐"坏,"妈妈"好,"姐姐"经常虐待,"妈妈"很宠爱唐果,两人好像还会因为唐果爆发冲突。但其实从头到尾,唐果从来没说过姐姐不好、不对。

【行楷】回复:其实唐果对妹妹的态度也不是一成不变的,一会儿抱着妹妹睡觉,一会儿用针扎她,好像精神分裂。不是说不能写精神失常的主角,但新手最好别用第一人称,视角太狭窄了,如果再扭曲,读者会看得云里雾里。

【云朵棉花糖】回复【行楷】:呃……精神分裂不是这个症状,或许你是想说人格分裂?

【蜡笔】回复【行楷】:唐果应该没有精神失常,她好像一直在上学,至少没有失常得那么厉害。

【蜡笔】:2分1h前
内容先不分析,但这章看完,我就记住了一件事:一个女孩长大过程中有好多耻辱。

---

1 原指搭讪艺术。本质是"控制",通过一系列手段操控你的精神,让你对其百依百顺,从而达成对方骗财骗色或自我满足的目的。

【行楷】回复：月经很脏，"妇女"是骂人，看妇科羞耻，女孩难看是罪过，爱打扮就是不要脸，不学好的下场就是家庭妇女。

【我老公纸片人】回复：我去。

【糖糖别怕】：2 分 3h 前
里面那首儿歌是什么意思？看得毛毛的。

【蜡笔】回复：不知道，但我有点在意那个大螃蟹，不知道大家有没有注意到标题，今天是"斧"，之前还有"剪""锤""墩"什么的，我一开始以为是什么恐怖元素，看了今天这章，突然想起个东西。

【云朵棉花糖】回复【蜡笔】：什么呀？

【蜡笔】回复【云朵棉花糖】：蟹八件。

【小龙女】：2 分 2h 前
会不会"姐姐""妹妹""我"是一个人，都是她想象出来的呀？

【冰皮年糕】：2 分 3h 前
为作者送上【玫瑰花】3 枝

【米糊糊】：0 分 3h 前
有点点可怕……

【未熟】：2 分 3h 前
为作者送上【玫瑰花】19 枝

【鱼香一切】：2 分 3h 前
为作者送上【玫瑰花】1 枝

【旺柴娘】回复：送花报菜名的朋友们，你们又来了啊。

【不要葱花谢谢】：2分 3h 前
为作者送上【玫瑰花】99 枝

【醋醋 Sophia】：2分 3h 前
为作者送上【玫瑰花】1 枝

【食不语】：2分 3h 前
为作者送上【玫瑰花】1 枝

更多 >>>

第九章

楼上：第二位读者

现实时间：20Y3-3-22 11:45:00

医院里人来人往，都是众生狼狈相。

缪妙插着兜，胳肢窝底下夹着她的胸片和诊断书，大步流星地从沉闷的人群中穿过，冒雨冲到了门口公交站，正好赶上一辆刚进站的车。

这会儿不是早晚高峰，车上人不多，缪妙找了个角落坐下。对着窗外猫毛似的小雨，她跷起二郎腿，参起了禅。

那马脸的老大夫突然开始对她柔声细语，她就知道这回可能要坏菜，果不其然——

正月里，缪妙带人在冻雨里蹲点，抓砸车盗窃团伙。行动后，T市平安区分局刑侦三队人均喜提一场感冒，缪队最重。

一个月后，被冻雨撂倒的同事们又都活蹦乱跳了，就她还在跟低烧缠绵。

一开始缪妙没当回事，可是半个月过去，她咳

嗽更严重了,还发展出了胸背疼痛。前几天的一个早晨,赶着开会水喝急了,她呛出了一口新鲜的血。缪妙意识到了这事不太对。

于是她花了十分钟上网搜索,自行诊断是肺炎,请了半天假,去医院开消炎药。

谁知医院不认她的"诊断结果"——大夫听了她的诉求,让她快别扯淡了,赶紧体检去。

缪队只好老老实实地拍片、抽血,在各科室间辗转腾挪,感觉这帮白大褂是瞎操心,折腾病人一溜够,还能看出什么花样来?

没想到,这回还真就有"意外收获"。

检查结果是肺部有阴影,9mm混合磨玻璃结节,位置凶险,没法做穿刺。大夫看完脸色就变了,催她住院做进一步检查。

缪妙自觉天塌了能当被盖,把这事压心里谁也没告诉,回去又上了几天班,直到忙完手头的事,才悠悠然地抽时间出来做了个加强CT。

方才加强CT的结果也出来了:基本确定是恶性。

大夫要求她立刻住院手术,缪妙一言不发地听完医嘱,一摆手,好像敷衍超市的会员卡推销员:"行,谢谢您,我考虑。"

说完,她就潇潇洒洒地站起来走了,心里还事不关己似的琢磨:天还真塌了。

第九章

恶性肿瘤——通俗说就是肺癌。

这词可真陌生,缪妙熟悉了一路,到家都没能把这"新标签"贴自己脑门上。

"请病假得走什么流程来着?"她一边心不在焉地换拖鞋,一边捋着自己后续工作都有什么、一项一项的要托付给谁,又想起忘了问大夫做这手术要住多长时间医院,成功率怎么样,她还能活多久……

"还能活多久"这念头在她心里一闪而过,某种巨大的像是要撑爆她胸腔的情绪突然往上涌起,没分辨清那是什么,缪妙就又熟练地用理智盖了下去。

她仿佛全然没感觉到,不理会自己思绪中那"小小"的岔,条分缕析地安排自己的"后事"。

不能慌,不能乱,哪怕血如沸,脑子也要是冷的——她一贯是这样的。

一个人连自己的喜怒哀乐都管不住,那也太难看了,不是废物是什么?

缪妙没告诉太多的人,只跟直属领导和她的副手打了招呼,让他们有心理准备。结果她自己还没怎样,领导和同事好像先崩溃了,排着队地给她打电话。

缪妙只能逐个应付,把上一位试图安慰她的话说给下一位听。说着说着,她还走了神,一边动着嘴,一边感觉自己像在孤寡远亲追悼会上充"孝子"

的，听宾客们面带沉痛地劝她"节哀顺变"，心情诡异，因为她跟死者也不熟。

将近一小时过去，发烫的手机终于消停了，缪妙点了根烟给自己压惊，放空了片刻。

等她回过神来的时候，发现自己正在翻通讯录，停在了一个人那里。

那个人的备注名是"缪小蛙"。

缪妙犹豫了一下点进去，她俩最后一条信息还是上礼拜发的。

缪小蛙说："书本杂费370元。"

缪妙没回，直接转了500元过去。

两人的信息往来十分单调，不是转账就是发红包，唯一一条带字的，是一个多月以前缪妙问："我们单位对面新开了家面包店，好像是网红，不少人排队，吃吗？"

对方回："不了。"

疏远、冷淡，不知道的可能还以为"缪小蛙"是她资助的贫困生……而不是亲妹妹。

缪小蛙比缪妙小十六岁，她俩的父母是对活奇葩，一辈子没置下房产，名下只有一辆破车。两口子每年工作半年旅游半年，业余时间开了个玩具店，进的货都是他俩想玩的东西，因此生意惨淡。两口

第九章

子生的俩孩子都属于"意外",来者既然是"不速之客",养得也就颇为随心所欲——老大起名叫"缪妙",不细想还像个人名,老二更草率,那二位不知是谁上户口时"灵机一动",给起名叫"缪蛙种子",小名"小蛙"。

缪小蛙现在长成了个大眼灯,俩眼珠还有点往外凸,八成是让这破名字咒的。

小蛙同学上了幼儿园大班后,有了点文化,遂寻死觅活地要改名。

不靠谱的父母也有好处,就是凡事好商量,任凭一个学龄前儿童自己做主改名。

那年缪妙在大学住校,早晨收到她爸短信,乐呵呵地说要带妹妹去派出所改名。缪妙问他改个啥,一顿早饭的工夫,那老货给她发了三条信息,每次说的都不一样。

缪妙也不知道他最后弄清楚了没有,这成了个永远的悬案——

三口人改完名,回家路上碰到了一个疲劳驾驶的货车司机,除了后座上被卡在安全座椅里的小女孩,开车的爸爸和副驾驶的妈妈都没等到救护车。

缪妙赶到医院,还不知道亲妹妹叫什么,户口本都被血浸烂了,她只能临时找人问。

户籍警帮她查到了小蛙的户籍信息,告诉她新

名字已经改好了,叫"缪语萱"。

这个颇有言情小说女主角气质的美丽名字,终结了姐妹两个无忧无愁的少年和童年。

那年缪妙二十一岁,缪蛙种子……缪语萱五岁。

除了快乐而短暂的童年记忆,他们家别无长物,缪妙自己还没毕业,只能把妹妹送到外地的亲戚家寄养。叔叔婶婶人都不坏,对这失去父母的小侄女也算尽心,可亲戚毕竟是亲戚,寄人篱下的滋味,孩子能感觉到。

等缪妙找到工作接回妹妹,小蛙变成了一个敏感内向的小女孩。

缪妙一路从派出所片警干到平安区分局,三十岁出头,已经力压一众男同事,混成了"缪队",辉煌的履历都是拿命拼来的。

她一贯是凶狠、粗粝、冰冷、说一不二的。

缪妙抽最便宜的烟,买衣服从来不超过五十块钱,生活能对付就对付,但缪小蛙无意提一句同学的名牌鞋好看,她二话不说就买——哪怕那是她大半个月的工资。

除了房租,她的钱基本都是给缪小蛙花的,缪小蛙的零花钱比他们班富二代都多。

不过也就仅此而已了,毕竟缪妙也给不了别的,

第九章

她跟缪小蛙是真的没话说。她俩差了十六岁，代沟深似海，性情隔天地，一起过日子，宛如鲁智深抚养林黛玉。

缪妙是平安分局出了名的活土匪，缪小蛙的心比松针还窄三分。自从小姑娘进入了青春期，缪妙就没弄明白过她在想什么：学不好好上，饭不好好吃，整天不是追星就是减肥，瘦得鬼一样，一点正事没有。

今天一早，缪妙去医院忘带医保卡，回家拿的时候，正好逮住缪小蛙在厕所用牙刷捅喉咙，把刚吃下去的早饭往外吐。

这不是找抽吗？

缪妙劈头盖脸地把那熊孩子收拾了一通，两人不欢而散。小蛙是哭着去上学的，暴君似的姐姐一身寒意去了医院……然后拿回了死亡通知单。

要告诉小蛙吗？

缪妙弹烟灰的手突然顿住了。

缪小蛙才十六岁，成绩那么烂，既没有特长，也没经历过事，连饭都不会好好吃。这么一株花盆暖棚里都病病歪歪的小苗，要是被扔到没人管的野地里，她怎么活？

就在这时，屏幕忽然一闪——也不知怎么那么巧，缪小蛙这时候给她发了条信息。

前不着村后不着店的,缪小蛙给她分享了一个链接,好像是本网络小说。

没等缪妙点进去,缪小蛙又把信息撤回了。

【缪妙】:"?"

大概是没想到大忙人缪队会秒回,缪小蛙那边"对方正在输入"了半分钟,才说:"发错人了。"

缪妙方才还在为她牵肠挂肚,手指一动又是习惯性地训斥:"你想发给谁?下课了吗你就玩手机?高考考这玩意儿是吧?"

缪小蛙那边又是半天"对方正在输入",最后不咸不淡地回了几个字:"嗯,不发了。"

再一次,她俩的对话没了下文。

缪妙发完就后悔了,想补救,一时又想不出词,还怕打扰缪小蛙上课。她只好叹了口气,烦躁地抓了把头发——她要死了,缪小蛙估计也伤心不到哪儿去。

怎么会变成这样呢?

缪妙想:"我脾气太臭了吗?"

小蛙一直很怕她,总在小心翼翼地端详她脸色,小贼似的。在她面前,妹妹永远是畏畏缩缩、蜷成一团的。越是这样,缪妙就越是看不惯缪小蛙——人不说要顶天立地,起码要自强自立吧,她虐待缪

第九章

小蛙了吗？她对那熊孩子还不够好吗？摆出一副受伤的可怜样给谁看？

至亲姐妹渐行渐远，明明是相依为命，却又像活成了彼此鞋里的沙子。

可她都不久于人世了……

这念头一冒出来，缪妙就忽然生出一种冲动，想了解小蛙在想什么，于是她把胸片和诊断书锁进抽屉，下了个清水文学城的App。

缪小蛙信息撤得很快，但缪队是干这个的，瞥一眼的东西她也会本能地提炼重点信息，硬是记住了文名和文章ID。不熟练地随着指引注册了读者账号，缪妙搜到了缪小蛙推的那篇网文。

"无限……在恐怖故事里当……鬼是怎样的体验？"
缪妙断断续续地念完标题，一脑门问号。

这是文名？咋这么长？怎么断句？"无限"又是个什么？这玩意儿永远不结局的意思？

文章已经更了五章，缪妙点进去，一目十行地扫完，她把烟掐了，沉思起来。

倒不是这错别字连篇的小说有什么高明之处，而是文中提到的"平安湖""枣花路小学""育才小学"都是她很熟悉的地方——缪妙是T市平安分局的，平安区就是因平安湖而得名的，枣花路小学是本市

最早的外地务工人员子弟学校，育才小学就更近了，离她们家只有两个红绿灯的距离。

文中主角"唐果"小时候喜欢写作文，数学不好，梦想当作家。

巧了，缪小蛙也是。

主角住在平安湖边的富人区——这个没法巧，凭穷姐姐的工资真住不起。但小蛙小时候上补习班会路过那里，经常指着湖边豪宅说长大要赚大钱，带着姐姐搬到能在屋里看见平安湖的房子。

作者"的""地""得"不分，标点符号瞎点，缪小蛙好像也有这毛病！

所以这是缪小蛙写的？

如果说以上三点还是巧合，看到第五章结尾，缪妙差不多能确定了。

文中写的20X8年，也就是五年前，缪妙那会儿还没调到分局，在平安区湖滨西路街道派出所当片儿警。

12月25日凌晨，时间很好记——因为头天晚上是平安夜，只有单身狗自觉留下值夜班——天还没亮，派出所接到报案，一个话说不太清楚的大爷称，平安湖公园里有死人。

缪妙急赤白脸地带人赶了过去，到现场一看，哭笑不得：报案的晨练大爷老眼昏花，天又黑，他胆又小，稀里糊涂的，也没敢近前仔细看——那所谓"尸体"，是个差不多真人等身的大洋娃娃。

娃娃做工精致，非常逼真，人能动弹的关节它都能动，远看确实能吓人一跳。

这个东西据说非常昂贵，可它显然没得到爱惜，头发被剪得坑坑洼洼的，少了一颗眼珠，身上布满了马克笔迹、针孔和美工刀划痕。

同事们把那玩意儿搬起来的时候，缪妙不小心踩了娃娃裙角，大伙一抬一拽，裙子差点掉下来，露出了娃娃胸前红笔画的两个叉，还有小刀锉过的痕迹。因为有点变态，缪妙印象很深。

她翻回前几章，日记 20X6 年 5 月 15 日提到，小女孩唐果得到了一个"长得有点像我"的洋娃娃；后面 20X7 年冒出个"妹妹"，比孙悟空生得还突然；再后来"我用红笔在妹妹胸上画了一对 X""扎掉了妹妹一颗眼珠"……细节跟当年他们发现的娃娃全能对上。

当时天还没亮，除了报案的晨练大爷，周围根本没活人，一个乌龙案子当然也不会上新闻，也就缪妙他们几个民警记得。后来她有一次偶然看见缪小崽的 BJD[1] 娃娃贴纸，为了跟没话说的妹妹找话题，好像大致给缪小崽讲过这件事，居然还成了那小崽的素材！

1　泛指拥有球形可动关节结构的人偶。

缪妙试着给缪小蛙写留言——幸好清水城的 App 风格很古早。

【黑猫警长】：2 分 刚刚
写得挺好，加油。

留完言自动跳转到评论区，缪妙又发现别人的评论里挂了小花，她研究了一下，发现还能打赏，就充了几百块钱。

就算不看网文，缪妙也知道刚开个头的小说没什么好看的，更别提缪小蛙写得也不怎么样，打赏的估计都是她的狐朋狗友。

为免自己打赏突兀，她还搜肠刮肚地想了个理由。

【黑猫警长】：0 分 刚刚
为作者送上【玫瑰花】99 枝
把洋娃娃写成"妹妹"挺有意思，作者加油。

完事她一刷新，正好赶上第六章更新了。

缪妙一愣，看了一眼表，这会儿应该刚下课吧？

刚下课就上网更小说，熊孩子什么时候写的？

第十章
桥上（六）

Chap 6 锓

更新时间：20Y3-03-22 12:00:00
内容提要：那药的作用是什么，是把糊涂的我唤醒了？还是把清醒的我药傻了？

正文：

溺过水吗？

要我说，它和被歹徒追杀，被殴打，被车撞都不一样，那些都是外来的危险，是突发的，非常规的，而溺水的时候，是呼吸在要你的命。

活着就会喘气，这事太普通了，普通到绝大多数人都会习以为常，想不起来自己每时每刻都在干这件事，只有水漫过口鼻，怎么也挣扎不出去的时候，呼吸才会变的那么真切，人在那时候，是多么渴望吸口气啊，可是吸进来的每一口东西都在坠着你，往更黑暗的地方沉。

我不知道日记本什么时候从手上滑落的，我被困在唐果的卧室和身体里，熟悉的溺水感突然袭来，像是要把我再一次淹死……淹死在空气里。

最后那几段文字在我眼前乱转，我渐渐产生了一种错觉……不，可能没有错，是一种感觉，我就是她。

有没有可能，我是水鬼，唐果是水鬼，我就是唐果，只是我们俩自己不知道？

药劲彻底上来了，我心里明白，是那药让我有这种感觉的。

我唯一不确定的是，那药的作用是什么，是把糊涂的我唤醒了？还是把清醒的我药傻了？

我脑子里涌起模模糊糊的记忆，一只大手把我往水里按，耳边有男人的声音，也有女人的声音，他们骂我是"丧门星"，是"讨债鬼"，男人的声音像炸膛的炮弹一样恐怖，女人的声音像刀，像尖刺，能把我钉在水底，想让我永不超生。

我拼命求他们，可是用尽全力喊出来的声音还没有猫的叫声大，只能无力的重复："我听话，我以后一定听话……"

这句咒语有时候有用，有时候没用，现在就没用了，我走投无路，脱口大喊："妈妈，妈妈！救命！妈妈！"

那可能是我最后的"保命招"。

我喊出来，水声和人声一下就消失了，我大口的喘着气回到人间，发现自己涕泪齐下，跪在地上，面前是一大片被我碰掉的黄纸符，一张张都是没用的东西，软塌塌的。

我哆哆嗦嗦的扒开黄纸，把埋在底下的日记本刨了出来，它摔在地上，正好翻到了20X9年。

我的眼睛模糊的厉害，看不清字，就觉得本上好像写满了大大小小的"妈妈"。

我咬住牙齿，一边听着它咯吱咯吱的响，一边用力擦干眼泪，去直视那些字。

20X9年1月9日 星期三 晴

今天，学校里来了专家给我们做讲座，还给我们介绍新招的心理老师。

讲座没意思，不过后来发的问卷挺好玩的，我写了很久，最后才交卷，李馨宁说我写这么长时间，肯定有神经病。

20X9年1月16日 星期三 晴

我来"那个"肚子疼，下午考地理的时候吐了，去了校医院，然后班主任带着一个姓秦的老师来看了我，拿着我上礼拜填的问卷。

秦老师是负责我们初二的心理辅导员,她的声音很好听,很和气,跟别的老师不一样。

秦老师问了我很多问题,我忘了我怎么说的了,最后她摸了摸我的头,给了我她的电话号码,让我下学期每周一活动课去找她,我闻到了她手上擦的香香。

她不是玫瑰味的,也不是薄荷味的,她有点像橘子。

今天班主任也对我也很温柔。

20X9 年 1 月 19 日 星期六 阴

今天是寒假第一天,我本来想变成张婷,不知道为什么,想起了秦老师。

我有秦老师的电话号码,但我不敢打,就在微信里搜了这个号,居然找到了她,我加了她,但是感觉秦老师不会加我,因为现在还没到下学期,我们学校也不让学生玩手机。

可是没过多久,秦老师也加了我,还给我发了笑脸表情,我在网上选了很久,才找到了一个可爱的笑脸表情发给她,然后就没有打扰她。

20X9 年 2 月 20 日 星期三 晴

居然一转眼就要开学了,好奇怪啊,这段时间怎么过这么快？

别窗帘的发卡生锈松了，白天光透进来，我才发现窗帘没拉严，我最近好像不那么怕鬼了，姐姐骂我，我也不难过了，真的好奇怪。

我好像每天都很忙，因为秦老师总是发朋友圈，没开学，我还是不敢跟她说话，但总是看她发的东西，都好有意思，她会分享好多文章，我都看了，虽然看不太懂，我还看了她看的电视剧，秦老师喜欢仙仙小哥哥，我也要喜欢。

20X9 年 2 月 25 日 星期一 阴

今天，我第一次去咨询教室见了秦老师，秦老师跟我做了自我介绍，说我们会慢慢熟悉。

其实我已经很熟悉她了，我喜欢秦老师。

20X9 年 3 月 15 日 星期五 晴

妈妈给我买了一双新鞋当礼物，星期日出去过生日穿，鞋是三六的，其实我应该穿三七的，但是妈妈只让我穿三六的鞋，妈妈说女孩子大手大脚太蠢了，不好看。

晚上回来，姐姐也给我买了双鞋，也是给我后天穿的，好巧，姐姐让我挑喜欢的穿。

但我心思不在这里，我不在意他们了，下周我们要去学农,去基地住,周一都不能见秦老师了,唉。

20X9 年 3 月 17 日 星期日 晴

今天我十四岁啦!

还是在水晶宫过的生日,我穿了姐姐买的鞋,有点怕妈妈不高兴,但是因为客人很多,妈妈看到也没说什么。

今天见到了前妻阿姨家的小姐姐,她也喜欢仙仙哥哥,她看到我书包上仙仙哥哥的周边吧唧,就对我好了很多,不过吧唧是秦老师送给我的,我不能给她。

20X9 年 3 月 21 日 星期四 晴

终于回来了,学农好累啊,我觉的自己头发里都是土。

回到家已经很晚了,妈妈不在家,姐姐开的门,姐姐化了好浓的妆,还没卸,我有点怕,没跟她说话就逃回了自己屋。

20X9 年 4 月 1 日 星期一 阴

秦老师是世界上最好的人。

20X9 年 4 月 9 日 星期二 阴

今年的运动会是全区运动会,要去人民体育场开,我选上开幕式的方阵旗手啦!

20X9 年 5 月 13 日 星期一 晴

开幕式大成功,虽然走方阵的时候广播挂了,哈哈。

期中考试成绩也下来了,我考得超级好,上初中以来没这么好过。

今天,秦老师对我说,假如有人欺负我,那不是我的错,我也可以选自己的朋友。

秦老师说的对。

林水仙这几天又不喊我一起走了,以前每次这样,我都会给她买吃的,让她原谅我,这次我不想买了,自己走就自己走,我感觉自己在变好。

20X9 年 5 月 27 日 星期一 阴

今天只有我一个人在家,因为姥爷生病了,在老家的医院里抢救。

我晚上从秦老师那回来,吃了外卖,自己玩手机,在仙仙哥哥的超话里找到了一个粉丝群,一申请就加进去了。

秦老师今天刚教过我怎么向别人介绍自己,我一口气说完了，很紧张，但是大家都对我很好，我收了好多好看的图，听说了好多以前不知道的事，群里还有姐姐送小礼物，我跟她们聊到很晚，还互相加了好友。

今天我好开心，有了好友，虽然没见过面，但我觉的自己好自由。

20X9 年 6 月 21 日 星期五 大暴雨

今年雨下的好可怕，晚上妈妈开车来接我，在车上送给我一条项链，说是给我的惊喜。

项链好漂亮啊，是宝石的，我摸了好半天，才继续去背单词。

妈妈看到了，就笑着说："小公主最近怎么这么用功了？不要累到啊，太累了就不漂亮了，咱家有的是钱，够养活你的。"

我听了有点不高兴，秦老师说我们国家没有国王和皇帝，所以也没有公主，就算是有钱的家庭，长大也要有独立的能力才行，影响我学习的都不是为了我好。

那妈妈这么说，真是为我好吗？

我们初三好像得重新分班，貌似还有快慢班，可能会按这次期末成绩分，压力好大啊。

20X9 年 7 月 2 日 星期二 晴

昨天姐姐发现了我的新项链，生气的让我摘下来。

妈妈知道了，今天回来又给了我一条宝石的手链，姐姐的脸色好可怕，她会和妈妈吵架吗？

我提心吊胆了很久，哦，他们没有吵。

20X9 年 7 月 10 日 星期三 晴

终于考完了，大松一口气。

正式放暑假了，中午就离校，妈妈来学校接我去买了新裙子，还吃了大餐，还告诉了我一个很好的消息。

我们回家已经很晚了，姐姐没回来，现在都快九点了，姐姐还没回来，我有点担

711

（污渍）

妈妈死了妈妈臭了
恶心恶心恶心

死了
臭了

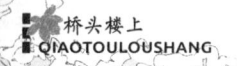

（乱涂乱画）

还我手机！
还我手机！！
还我手机！！！

20X9年8月31日 星期六
妈妈会救我的，妈妈一定会救我的。

20X9年9月2日 星期一
妈妈说她会保护我，她会永远保护我。
妈妈身上的橘子味好温暖。

20X9年9月9日 星期一
我没有妈妈。

我瑟瑟的发着抖，我好像抱着一张护身符，凭着孤勇横穿黄泉路的人，两边都是黄泉水，水里都是流着口水的厉鬼，我抱着我的依仗，闭眼咬牙坚持，一直走到最深处。

鬼们爬上了我的背，抓住了我的脚踝，开始像老鼠一样咬我的皮肤。

我太害怕了，太害怕了，想要偷偷看一眼我的护身符，获得一点勇气。

我就着火光打开了护身符，然后鬼火照见，我拿着的护身符只是张白纸呀。

【清水文学城，你文学梦想起航的地方！】

本章评论（按回复时间）

【黑猫警长】：2分 刚刚
？？？

【长安】：0分 刚刚
从实时花榜上点进来，这评论区是在搞什么邪门的仪式吗？
对不起打扰了！

【肉食】：2分 刚刚
为作者送上【玫瑰花】19枝
对不起。

【八宝馒头】：2分 刚刚
为作者送上【玫瑰花】1枝
对不起。

【不要葱花谢谢】：2分 刚刚
为作者送上【玫瑰花】99枝
对不起。

【红粉凉皮】：2分 刚刚
为作者送上【玫瑰花】9枝

对不起。

【醋醋 Sophia】：2 分 刚刚
为作者送上【玫瑰花】1 枝
对不起。

【未熟】：2 分 刚刚
为作者送上【玫瑰花】19 枝
对不起。

【冰皮年糕】：2 分 刚刚
为作者送上【玫瑰花】3 枝

【鱼香一切】：2 分 刚刚
为作者送上【玫瑰花】1 枝
对不起。

【食不语】：2 分 刚刚
为作者送上【玫瑰花】1 枝
对不起。

更多 >>>

第十一章
楼上：读者群

现实时间：20Y3-3-22 12:30:00

缪妙阅读速度不算慢，看完一章也就两三分钟的事，可就这喝口水的工夫，新章节下已经有一堆人列队刷"玫瑰花"和"对不起"了，读者ID还都和吃的有关。

缪妙皱起眉：缪小蛙这是加入了个什么组织吗？

正文写得不明不白，充满了让人不愉快的暗喻，又基本上什么事也没说清楚，里面地名事件还跟现实有千丝万缕的联系——之前平安湖的乌龙"抛尸"案算一个，第六章的区运动会也是。

20X9年，平安区确实有这么个活动，缪妙当时还因此加过班。但她想不通，这跟缪小蛙有什么关系？缪小蛙从小就是体育后进生，别说参加运动会，当啦啦队都嫌她嗓门不够大，她为什么会特意写这件事？

还有，她为什么要给主角唐果设计这么复杂的

家庭背景？每个神神道道的角色都是干什么的？这章写"唐果"痛经又是要表达什么？缪小蛙没这毛病——那倒霉孩子减肥减得汗毛都长了，内分泌比五代十国还乱，好久都没月经了。

还有，最让缪妙如鲠在喉的是文中围着主角的重重恶意……小蛙在学校里，也被欺负过吗？

她不知道。

缪队太忙了，没精力关注妹妹，有一次去开家长会，她还跑错过年级。

她有时候忍不住会想，为什么妹妹就不能像盆花呢？只要浇够金钱，她就能自行长大成人多好？

缪妙从来没说过妹妹是负担，今天以前，她可能都不会承认自己心里有这个想法。但她这自以为埋得不见天日的念头其实一直都在无声地往外冒，从她每天清晨不耐烦的催促里生根，从她带妹妹去医院紧皱的眉头里发芽，从她每次一言不发的转账里结果。

缪妙发了会儿呆，又点了根烟，歹徒和肿瘤都没压弯的背佝偻了一点，她动作有点迟缓地回到文章目录，打算重新翻回第一章。

这时，App右上角弹出个消息提示，她点开一看，发现是条读者群的邀请。

看个网络小说还有群？

第十一章

缪妙本想忽略，刚要删除，突然想："是不是因为我花钱买了'玫瑰花'才收到邀请的？"

那那些刷花的是不是也都在？

她立刻申了个小号，加了进去。

群是自动审核的，答对问题自动进。

缪妙刚进群，还没来得及设"消息免打扰"，眼前就乱七八糟地滑过一堆消息。

【群公告】：麻烦加群的同好把昵称改成读者 ID，谢谢。

【糖糖别怕】：欢迎新人🍻🍰🎂

【小龙女】：欢迎新人。

【我老公纸片人】：有些人就是对正经签约的作者爱搭不理，上赶着抱网红娘娘大腿呗。挺好的，以后清水文学城变成红水文学城 @行楷

【糖糖别怕】：新人改 ID 呀。

【云朵棉花糖】：欢迎新人，那个……黑猫警长是说"妹妹"是洋娃娃的那位大佬吗？

　　【绫罗】已加入【濒危水鬼保护组织】

【糖糖别怕】：欢迎新人，新人看群公告。

【绫罗】：好好奇，进来围观一下每日空降的读者群。

【小龙女】：好奇 +1。

【旺柴娘】：哇哦，难怪怎么举报都举报不掉。红水文学城好名字，谐音洪水，充满了对网站未来流量滔滔的美妙祝愿。

【大官人】：请问这是已经开始掐了吗？我赶上开头了吗？

【美羊羊】：这不是蝴蝶粉丝群？

　　【美羊羊】已退出【濒危水鬼保护组织】

【行楷】：旺柴亲亲，举报请走正规流程呀，只要证据确凿，

管理员看到都会处理的，但可能需要3个工作日左右，我们也要核实呀。😂

【行楷】：严格来说刷玫瑰花不违规，网站不能处理，但是最近衍生站很多作者有意见，我是想和《当鬼》的作者沟通一下，发了私信，作者一直没回复，正好看到读者群私信，就想进来问问有没有认识作者本人的，没别的意思。

【行楷】：问到我就退群好吧？@我老公纸片人

【云朵棉花糖】：不是，我还是没懂，你们为什么都说作者是那个蝴蝶妹妹啊？她是个成年人吧？这篇小说应该是高中生写的。

【旺柴娘】：宝贝，小孩写不出大人的语气，不代表大人写不出小孩子的语气。要不然互联网上哪来那么多二三十岁的巨宝？你说是不是这个道理？

【云朵棉花糖】：……

【旺柴娘】：@行楷 哦哟，真的是清水的编辑啊，好会说话！可是你要找作者，不应该去联系工作室和经纪人吗？

【米糊糊】：我以为这文真有读者拉群讨论剧情，原来都跟我一样是进来围观的👀。

【小龙女】：😂

【看热闹嫌事大】：你不是一个人。

【大官人】：还有想加入水军赚点零花钱的！

　　　　　　【绫罗】已退出【濒危水鬼保护组织】

【云朵棉花糖】：我是想讨论剧情的……我都没看懂。

【看热闹嫌事大】：你看不懂还看？👀

【云朵棉花糖】：我可能没长脑子，你有头绪吗？

【看热闹嫌事大】：抱歉，我没有头绪，只有头猪，猪说它对人类多样性有些好奇。

【云朵棉花糖】：不是，只有我一个人觉得这篇文在写一些很痛苦的事吗？里面明明有好多让人产生不好联想的暗喻啊……

【旺柴娘】：自信点，是。

【看热闹嫌事大】：是，+1。

【我老公纸片人】：不然？

【看热闹嫌事大】：😂😂

【大官人】：好家伙这有个老实人！

【糖糖别怕】：黑子够了吧？这群是给你们拉的？非进来贩剑？

【旺柴娘】：看到没有，我就说不可能有真读者拉群，蛾原形毕露了不是？@ 看热闹嫌事大

【看热闹嫌事大】：愿赌服输，私信红包。

【大官人】：你怎么会觉得这是小孩写的？真十多岁的小孩比你都成熟，写不出这个降智[1]的味吧？@ 云朵棉花糖

【旺柴娘】：可能是因为这年头网文作者都初中肄业吧。

【我老公纸片人】：？

【我老公纸片人】：放地图炮[2]你有病？

【旺柴娘】：？你是说我吗？@ 我老公纸片人

【我老公纸片人】：你多高学历啊，说出来让我们贫民瞻仰瞻仰呗。

赵筱云十分无语。

赵老师刚看完第六章的时候，头皮都炸了，前五章是她没懂，但第六章"秦老师"那块她懂了，那分明就是在写她！

字里行间的怨和恨几乎要穿透手机屏幕，作者就差把键盘戳她脊梁骨上了。

赵筱云心里有太多疑问和忐忑，一看到加群信息就不假思索地点进来了，谁知进群以后看到了一

1　网络用语，指强行降低智商，形容做事不动脑子。

2　网络用语，意为对某个地区的群体进行言语攻击。

堆牛鬼蛇神和满屏垃圾话。

"什么鬼?"她心里嘀咕着,准备退群。

与此同时,聂编辑也要退群。

聂凯本来是在变着法地摸鱼——编辑上班时间不让逛无关网站,自家网站的文字垃圾她也懒得看,正好想起那篇掐得腥风血雨的空降文。聂凯判断,那篇文下引发剧情讨论的不是作者本人就是作者的"托儿",硬生生地互动出了悬疑氛围,还挺有意思,于是看见群信息就加进来围观,领导问起就说"研究用户生态"。

谁知道上网没看皇历,一进群就撞见了橙纸片子。

聂凯惹不起她,准备撤退。

就在这时,群里突然跳出几条消息:

【黑猫警长】:@大官人 前几章日记部分确实"幼化"了,不符合十一二岁女孩的心智发育水平。但其实你注意看的话,前面第一人称的"水鬼"看着智商也很低。
【黑猫警长】:但是从第六章开始,日记后半部分变得非常乱,水鬼的部分却成熟了不少。通篇给我的感觉是,写作者在粉饰太平,好像用纸包火,包到第六章包不住了。就好比你不敢抬头看太阳的时候,当然也看不见天上的云,人在自欺的时候为了让自己上当,当然也会降低自己的智商。
【云朵棉花糖】:你是说作者在用压抑和否认的防御机制吗?
【黑猫警长】:呃……可能差不多?

第十一章

【米糊糊】：哎,评论区有个人说了差不多的话。

> **【蜡笔】**：0 分 刚刚
> 简单分析一下,这章前面提到秦老师身上有"橘子味",后面说"妈妈身上的橘子味",我认为这里的"妈妈"指的就是"秦老师"。
> 除了味道描写,日期也对得上,9月2日正好是开学第一个星期一,唐果应该是见到心理老师了。她喊"妈妈救我",有可能是发生了什么事,比如她亲妈真的过世了什么的,她向心理老师求助。
> 而下一篇日记,9号正好是下一周的星期一,又到了她去见心理老师的日子。
> 我们按常理推断:假如学生有急事向老师求助,老师帮忙了,一定会是事情有进展就立刻告诉学生,不会非得等到下礼拜一咨询时间才去找学生吧?秦老师一个星期都没找唐果,咨询时间才见她,所以我想这里不知道是不能还是不愿意,秦老师应该是没有帮她,那么9号日记里的"妈妈"应该还是指秦老师,唐果这句话是表达失望。
> 另外我们也能看出来,7月10日左右的日记都是胡言乱语,但9月开学,唐果是能正常去学校的,前一个学期更是,她还参加了不少活动。所以我还是觉得主角不大像精神病人,那她写的日记肯定就不会是全无逻辑的,外人看得云里雾里,应该是因为日记是写给自己看的,里面一些词只有她自己知道是什么意思。

这评论几乎是一篇小作文,截图往群里一发,立刻把其他人的话都刷上去了。

群里乱掐的、阴阳怪气的、围观路人,以及鼠标已经挪到退群选项上的,一时间都停顿了片刻。

【米糊糊】：群主 @ 糖糖别怕，你咋没把这个大神拉进来？
【糖糖别怕】：发私信了，没理我，我再去发。
【我老公纸片人】：这蜡笔可别是作者本人小号吧？

旺柴娘——黄晶晶——却皱了下眉：这不像蝴蝶妹妹的语气。

凭她对蝴蝶妹妹的了解，那位的脑子要是能写出这么有逻辑的话，也不至于炫个富都天天翻车。

【小龙女】：我也看完了，好像是有道理的欸。
【行楷】：只有作者自己知道可还行？都闭环了怎么解码？让读者自行发挥想象力吗？
【黑猫警长】：水鬼部分是明白的，甚至过于明白，还有点啰唆。看起来前言不搭后语的主要是日记部分，所以这些"特殊词语"大概率是在日记里。是名词的可能性最大，动词也有可能，而且应该是在日记里反复出现的。
【米糊糊】：反复出现的有啥？鬼？咒语？
【云朵棉花糖】：是"妈妈"。
【云朵棉花糖】：还有"妹妹"，猫猫说是洋娃娃，我觉得有道理的。
【米糊糊】：对，我刚截图里好像也在说"妈妈"，意思是前面的"妈妈"不一定是一个人吗？我也觉得妈妈变来变去的。
【行楷】：第六章最后一部分"橘子味的妈妈"是秦老师，但是这个人也是刚出现的，那之前的妈妈是谁？妈妈有动作有台词，肯定是活人。
【小龙女】：不懂，坐等大佬解码 @ 黑猫警长
【黑猫警长】：刚我去文里搜了一下，如果气味是一个线索的

话，那文里现在至少已经出现了三个"妈"，分别是"橘子味"、"玫瑰味"和"薄荷味"的。

【黑猫警长】：我整理一下，比较仓促，有点乱，大家凑合看。

【黑猫警长】：文中的"妈妈"指代的不止一个人。区分不同的人，有两个线索，表面线索是气味，但不是每篇带妈妈的地方都有气味描写，所以还有个隐含线索，是唐果对"妈妈"的态度。

【我老公纸片人】：态度是什么意思？

【黑猫警长】："玫瑰妈"是最早出现的，我搜索了全文，这个味道在第二章"20X6年3月17日"、第三章"20X7年12月3日"、第四章"20X8年2月27日/3月23日/10月5日"里提到过。这几处里，"唐果"对妈妈很亲。所以我们可以归纳：唐果很依赖、很眷恋的"妈妈"很可能都是玫瑰妈。

【云朵棉花糖】：写"玫瑰妈"的地方都是"我主动去抱妈妈的胳膊"黏着妈妈，"薄荷味"就是"我想躲，怕妈妈不高兴，没敢躲"。但是"薄荷味"只有那一处呀，而且抹玫瑰香水的人也可能用薄荷味的牙膏或者口香糖吧？嘴里也可能是"薄荷味"的。

【黑猫警长】：因为毕竟是小说不是日记，第六章提示线索了。

【黑猫警长】：写到秦老师的时候，说"她不是玫瑰味，也不是薄荷味，她是橘子味的"，说明这三种味道是并列的。其中"橘子味"的秦老师是第六章才出现的，那也就是说，前面的"妈妈"不是"玫瑰妈"就是"薄荷妈"。

【大官人】：有理有据！但问题来了，这都是谁？

【行楷】：按照悬疑小说的写作手法，一定是出现过的人，不然读者没法解码，话说……你们注意到一个错别字了吗？

【旺柴娘】：那可多了去了，不瞒你说，要是不自带"错别字和汉字排列顺序不影响阅读"功能，你都看不懂她写了啥。

【行楷】:

> 妈妈问我怎么了,我不好意思说,他还是看出来了,下车在路边买了一卷双面胶,把袜子沾在了我大腿上,感觉好怪,不过袜子不掉了。

【行楷】:我是说这句里这个。

第十二章

楼上：请假条

现实时间：20Y3-3-22 14:00:00

【我老公纸片人】：沾？
【我老公纸片人】：不对，还有"他"。
【我老公纸片人】：！！！
【看热闹嫌事大】：虽然我不看文只看热闹，但你们好像在讨论一件很厉害的事。
【小龙女】：？
【大官人】：错别字都是剧情吗？战术后仰，那她"的""地""得"混用是为了表达啥？嘲讽当代语文教育？
【云朵棉花糖】：你是说前面的"妈妈"有可能是继父Z叔叔？但好像只有这一处写错了，也有可能是拼音输入法的锅？"雪兔"之类像是写错的字可能是故意的，但同音字不一定吧？@行楷
【行楷】：哈哈哈，也是，我一个想法，不一定对。
【黑猫警长】：我搜了前面，不是只有这一处。20X8年"唐果"错别字少了很多，以这一年为例，她写到几个女同学的时候用的一直是"她们"，但同一年的日记里，吵架的"妈妈和姐姐"全部用的是"他们"，我觉得这是有统一性的，不是拼写笔误。

【米糊糊】：已知姐姐一直是"她"，那也就是说，和"姐姐"吵架的"妈妈"可能一直是男的……

【行楷】：我知道了！

【大官人】：👀我晕了……

【我老公纸片人】：等等！

【糖糖别怕】：👀你们在说什么，我好乱……

【行楷】：不乱，我试试能不能给你捋明白。

【行楷】：首先水鬼部分写了，跟"唐果"住在一起的"女怪物"是个看起来很年轻的大美女（但她妆很浓，所以也未必那么年轻）。身上有玫瑰味对应的很可能是日记里写的"玫瑰妈"。

【行楷】：少女时代的"女怪物"和小婴儿"唐果"的合影，暗示玫瑰妈是亲妈，借水鬼的视角推断出唐果非婚生，应该是少女未婚先孕，妈妈只比女儿大十五六岁。这个年龄差在外人看来很可能更像姐妹。那这个地方就很有意思了。

> 我还有了姐姐，妈妈让我这么叫她的，我们三个人一起去了购物中心，买了好多好多东西，还看了电影。

20X6年5月15日这一处日记，乍一看是"妈妈"让"我"叫另一个人"姐姐"，其实还有另一种理解方式——"妈妈让我叫（自己）姐姐"，这时候的玫瑰妈不知道出于什么心理，不想承认唐果是她女儿，所以在外面让她叫姐姐。这样一来，日记后文"我一直哭，我真的好害怕"也可以理解了，唐果以为自己被妈妈抛弃了。

【小龙女】：但她不能没有妈妈，所以立刻又给自己找了一个妈妈。

【大官人】：？？？不是……这不是篇都市言情同人？再不济不也是个沙雕灵异故事？怎么被你们看成破案文了？

【我老公纸片人】：我鸡皮疙瘩起来了，你们不觉得别扭吗？

【行楷】：文风转变也很有意思。"唐果"前面在自欺欺人，所以日记幼稚，水鬼跟着降智，到第六章日记里突然一个"我没有妈妈"，水鬼的语气也跟着冷峻成熟起来，因为她对自己撒的谎言破了。这篇文的写法奇奇怪怪，可读性不强，但这些微妙的地方处理得真挺有嚼劲。

【我老公纸片人】：有意思你个头！

【行楷】：……

【我老公纸片人】：你没看到后文说男妈妈把袜子"沾"到了女主大腿上？十二岁的大姑娘！后面还亲她头发，给她买内衣穿小鞋！

【行楷】：不是……你看了？还看这么细？

【大官人】：这是猥亵吧？

【米糊糊】：所以他们家从一开始就三口人，不是四口人。一开始是"妈妈"、"Z叔叔"和"我"，后来妈变成了"姐姐"，Z叔叔变成了另一个"妈妈"。

【行楷】：其实要做阅读理解的话，我觉得她这里称呼Z为"妈妈"，一方面是小孩需要一个妈妈，另一方面还是回到之前黑猫说的"自欺"上。十多岁的姑娘性别意识已经很强了，Z对她动手动脚，她再傻也知道不对劲，但又不能反抗，那怎么办呢？当他是"妈妈"好了，是妈妈就正常了。

【云朵棉花糖】：合理化。

【云朵棉花糖】：前面我一直就想说了，"内衣""夜里潜入小女孩屋里的鬼"这些真的会让人有些恶心的联想。还有20X9年7月日记里出现的混乱，20X9年她满十四岁了……

【大官人】：十四岁，不是我想的那个吧？

【行楷】：……

【我老公纸片人】：……

【旺柴娘】：……

【糖糖别怕】：可是……她为什么要写这种东西啊？

她为什么要写这种东西?

同一时间,缪妙、赵筱云、黄晶晶都在思考同一个问题。

缪妙先顺着聊天记录,上网搜了群里人说的"蝴蝶妹妹",重点查了20X8年这个人的动向。五年前网红产业不成熟,蝴蝶妹妹也还没立"T市白富美"的人设,主要在南方沿海城市活动。平安湖"抛尸"案发生的那个圣诞节,蝴蝶妹妹还发了一组街拍照片,人在国外。

网络红人能和缪小蛙那毛孩子有什么联系?蝴蝶妹妹在这件事里扮演了什么角色?

缪妙一时构建不出来,在手机备忘录里写了存疑,给网警里的熟人发了私信让他们帮忙查这个蝴蝶妹妹。

她心里还是很乱,因为文中时而"妈妈"时而"姐姐"的"怪物"和唐果差了十五六岁,刚好是她和小蛙的年龄差。

对于很小就失去双亲的小蛙来说,成年的姐姐就算妈妈了。

可这个"妈妈"永远都在不耐烦。

"我想告诉她,可是姐姐没等我说就骂了我。'怎么别人上学都好好的,就你那么多事!'"

缪妙全文搜索的时候无意中看到这里,让这句

第十二章

话刺了一下。

还有文中那个"Z"……缪妙眼神冰冷下来。

她们家没男人,缪妙没工夫找对象,她整天加班还带个拖油瓶,对象也没工夫找她。

叔叔不会,缪队干这么多年刑警,不会连这点眼力也没有。再说叔叔一家现在也经常跟她们来往,小蛙在他跟前比在她这亲姐跟前自在多了,如果发生过那种事,不会是这个状态。

那还有谁?缪小蛙还能接触到谁?

学校老师?补习班老师?同学家长?

缪妙坐不住了,趁缪小蛙还没放学,她开始在家翻箱倒柜,把缪小蛙用过的书本、电脑挨个"过筛"。

这事不查清楚,她死了都没脸下去见爹妈。

另一边,赵筱云小心地克制着自己,不在群里说多余的话。在她看来,群里的网友们只是一群局外人,只有她明白故事背后有什么。

她本人甚至是里面的一个角色。

"黑猫"认为第六章是作者对自己撒的谎圆不下去了。但其实不是的,赵筱云知道,人要想骗自己,骗多少年都没关系,这里纸包不住火,都是因为"秦老师"……也就是她。

文中秦老师和她一样,"耐心"听学生倾诉,按

"理论"鼓励他们勇敢地面对现实、面对自己,好像她有能耐永远提供支持和保护一样。文中的唐果和文外的杨雅丽都信了,唐果放任自己产生了"妈妈真是为了我好吗"的念头,杨雅丽把藏了很久的伤口袒露给她看。

然后"秦老师"和她赵筱云这俩背信弃义的废物,一个在二次元,一个在三次元,一起临阵脱逃,把卸下保护壳的孩子扔在风刀霜剑里。

与其这样,还不如一开始就不给人希望,起码那时候小女孩还会假装狼是外婆,还能让自己好受一点。

第六章的7月发生了什么事,日记里没明写,赵筱云隐约猜到了,只是不敢细想。

她觉得自己做了一件很错的事。

翻出杨雅丽班级的课程表看了一眼,赵筱云发现他们班这个时间正好是体育活动课,她一秒钟也不想等,立刻跑去操场把杨雅丽堵了下来。

黄晶晶的手机在振,"看热闹嫌事大"是她在论坛里认识的网友,也是蝴蝶妹妹的黑粉,这会儿正激动地给她发私信。

【看热闹嫌事大】：我记得蛾炫富翻车的时候，就有人说她是被包养的。你们之前不是扒出她根本不是T市人，也不是富家女吗？那她现在豪宅里的"富商爸爸"是什么爸爸？好家伙对上了！

【看热闹嫌事大】：笑死，这算什么？自曝黑料？

不知道为什么，黄晶晶有点不耐烦，只敷衍地回了一句。

【旺柴娘】：受害者不算黑料吧。

【看热闹嫌事大】：可说呢，要不说她厉害了。先写篇不明不白的文，再找几个猫啊笔啊之类的水军，搁那一通带节奏，借她腿毛一炒，黑历史直接洗成美强惨受害者，占据道德制高点，以后还能转头吃女权饭！

【看热闹嫌事大】：以后谁再说蛾智商不高我第一个不答应。

所以群里的黑猫警长和评论区里的蜡笔都是托儿吗？

顺着"热闹"的话，黄晶晶翻了一下聊天记录，感觉不是没道理——正常人谁能对着这种文字垃圾逐字逐句分析？还有那个"云朵棉花糖"也很可疑，一开始她以为是误闯路人，还好心科普，结果那个"云朵"就跟失心疯了一样，根本无动于衷，一门心思地往"分析剧情"上带节奏。

托儿还分起工来了……

桥头楼上

黄晶晶感觉这回蝴蝶妹妹策划的事不简单。

【旺柴娘】：还不清楚她要干什么，小心别让人当枪使，我得接孩子去了，晚点聊。
【看热闹嫌事大】：？？
【看热闹嫌事大】：先别走！你看到这个了吗？

对方发过来一个截图，黄晶晶点开大图一看，愣了——蝴蝶妹妹正在连载的《当鬼》上挂了"请假条"。

"请假条"是清水文学城新增的功能，作者因故不能按时更新就可以挂上，收藏了这篇文的读者能从自己的电子书架上直接看到。

请假条上写道：3月的秀和活动太太太太多啦，有点顶不住啦，再次感慨每天都更新的大大们真不容易，家人们等我回来。比心，爱你们。

【看热闹嫌事大】：还有她微博小号，快去围观！

黄晶晶点开对方发的链接，看到蝴蝶妹妹三分钟前发的一条微博。

@飞不过沧海：之前看到一篇社会新闻很愤怒（具体内容就不说了，大家不要随便对号入座🐱），然后那段时间正好想写小说嘛,突然有灵感了,就写了个开头,本来想偷偷的,结果被你们扒出来了😂。写小说果然好难啊,我有点卡文,再加上最近可能也没什么精力了,等我忙完。放心,里面的女孩子一定会有一个好结局的!

——3分钟前

【看热闹嫌事大】:好迷,她干什么呢?我没看懂。

在撇清关系——这是黄晶晶第一反应。

代换人称是《当鬼》那篇文的核心梗之一,一被挖出来,像"看热闹嫌事大"这样的黑粉们,立刻会把故事和蝴蝶妹妹本人的"黑料"联想到一起,蝴蝶妹妹好像在欲盖弥彰地暗示:文中写的事跟她没关系,是"看到新闻有感而发"。

可她为什么现在说?发文的时候干什么去了?

该不会……

黄晶晶飞快地在手机上给"看热闹嫌事大"打字。

【旺柴娘】:清水站评论可以查 IP[1] 来源地吗?查查那个"糖糖别怕"。

---

1 是 Internet Protocol 的缩写,意为网络之间互联的协议。

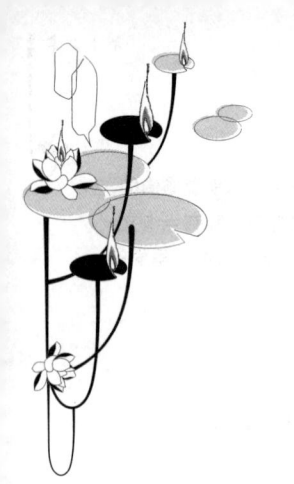

第十三章

楼上：穿帮

现实时间：20Y3-3-23 08:00:00

【看热闹嫌事大】：以前可以，现在好像不行了，怎么？
【旺柴娘】：我怀疑那个"糖糖别怕"是蛾的小号。
【看热闹嫌事大】：？
【看热闹嫌事大】：你是说正主？
【看热闹嫌事大】：姐妹，我没别的意思啊，但你有什么依据吗？

"热闹"有此一问，实在是有些"黑粉战友"过于真情实感，以至于产生幻觉——以为自己的战斗是真的，自己喷出去的火力能打到隔空隔网讨厌的人，而对方不单能看到，还会亲自上阵反击。

【看热闹嫌事大】：我翻了翻她聊天记录，感觉也就是个腿毛？还是外围腿毛，比那些托儿都蒙圈。如果这是演的，那她真能进军演艺圈了，吊打内娱九成演员没啥问题😂。

黄晶晶连发了一串信息，手指快成残影——

【旺柴娘】：因为不是她写的,你真信蛾那坐地铁都得查攻略的智力能写出这种文?最开始不就有人怀疑是代笔吗,后来因为文笔实在太烂才没扩散开的。

【旺柴娘】：我怀疑蛾本人也没看懂。

【旺柴娘】：不对,她都未必能看得进去这么多字。

【旺柴娘】：再说就蛾那别人黑什么她就秀什么的小心眼,根本不可能自曝黑历史,她可能也是刚知道这篇文在写什么,所以又是立刻停更,又是发微博撇清关系。

【旺柴娘】：那么问题来了,这篇文里埋的梗刚被群里人扒出来,都还没往外扩,她怎么知道的?

【看热闹嫌事大】：不是吧,你说蛾在窥屏!

【旺柴娘】：那个群里除了咱俩,你觉得谁最像本人?

【看热闹嫌事大】：我去,姐妹你是干什么的?

【旺柴娘】：呃……现在算是个做自媒体的,以前当过记者。

【看热闹嫌事大】：厉害,扒皮这事我熟,你先忙!等我!

而与此同时,另外两边就没这么顺利了。

"能不能告诉老师,你发给我的那篇文到底是什么意思?"

"没什么意思,分享文章给好友得清水币,网站周年活动。"

"但……为什么是这篇?"

"从首页一个什么榜单里随便点的。"

"那为什么发给我?"

"我群发的,清水可抠了,分享一个链接就给俩币。"

赵筱云一时语塞。

"老师,你找我就问这个啊,还有别的事吗?"

"等……等等!你……上次你妈妈把你从学校带走,有没有带你去过医院?还有你爸爸有没有……有没有……你爸对你好吗?"

赵筱云说一句话,舌头打了八个结,自己都觉得语无伦次,血一下冲到了脸上。

坐在她对面的女生杨雅丽却第一次正眼看她,露出一点惊讶神色。

杨雅丽嘀咕一句"居然这么快就懂了"之后又说:"老师你智商挺高的啊,不像他们说的,脑子都换脸了。"

一直还以为自己在学生中广受好评的赵筱云闭了嘴。

杨雅丽又笑了:"去什么医院?我又没病,我只是'吃太饱了,挨打少了',我妈就会治——抽一顿大耳刮子饿两天就好了。我爸对我挺好的,比我妈还好,他打我都不打脸。"

赵筱云的话和呼吸一起滞留在了嗓子眼。

"你放心,我爸妈没离过婚,是原配——虽然他俩每天都想拿刀捅死对方。再说我们家水电费都拖欠,上哪儿弄宝马豪宅去?我妈可当不成每天睡到中午的阔太。至于我爸,他老人家只是个平平无奇的臭傻瓜,不是变态。老师你想多了,那小说不是我写的，我这烂手机都是攒奖学金自己买的，没钱买电脑，每天回家晚五分钟都得被刑讯逼供，也没时间去网吧，我拿什么码字？"

杨雅丽语气平淡地说到这儿，抬起眼皮扫了赵筱云一眼："再说基本家庭情况我不是都填过表了吗？老师，你学生太多忘了吧？"

不知道第几次，赵筱云在这高中学生面前哑口无言。打从坐下跟这倒霉孩子说话，她这口气就没上来过，胸口憋成个气球，感觉自己快升天了。

"那……那这故事里的唐果是有原型的吗？"

"我哪知道？我又不认识作者。"

"可是你从头到尾都知道故事里的暗语……"

"我爱看悬疑小说，又擅长抠字眼呗，那文里梗多老啊。"

"但……"

"故事，都是虚构的。"杨雅丽打断她，似笑非笑地说，"说实话，老师是不是还挺希望那是我写的？你们不都爱'拯救命运悲惨的失足少年'吗？少年越惨越好，越惨你们越伟大。最好跟拍电视剧似的，上天台准备跳楼时被劝下来——当然，拯救得是一锤子买卖，皆大欢喜以后没人再惹麻烦，少年自动修复如初……"

赵筱云忍无可忍："杨雅丽！"

杨雅丽就住了嘴，规规矩矩地站起来："谢谢老师关心，我后面还有课，先回去了。"

"你等会儿……等……"杨雅丽的手已经扭开了咨询室的门把手，赵筱云突然福至心灵，脱口说，"你怎么知道……你怎么知道你把文推给我，我就会看？今天我找你，你一点也不意外，是吗？"

杨雅丽背对着她，顿了顿，好一会儿，才回头看了赵筱云一眼。少女的表情还是那样，带着点聪明人被迫关爱智障的、特殊的无奈和讥诮，视之使人血压飙升。可是她眼睛里却好像有水光一闪而过，快得让人以为是错觉。

"不知道啊，我哪知道？我没指望过谁把我的话当回事……"说到后面几个字，她声音哑了，含混得几乎听不见，于是少女清了清嗓子，又笑起来，"我不惊讶是因为我在评论区看见你了——赵老师，你什么小号都用一个ID。"

相比被学生拿捏的小老师，缪队那边完全是另一种状况。

缪小蛙在姐姐眼里没隐私，小毛孩子有什么好隐的？只要缪妙想查，缪小蛙的卧室门锁、电脑密码都跟不存在一样，小蛙小学二年级暗恋隔壁班班长的小秘密都能被她翻出来。

第十三章

然而没什么收获,缪妙翻了一下午,只缴获了几本书橱深处的小说。

小蛙的电脑上没有一个可疑文档,垃圾箱、云盘、邮箱里都很"干净",浏览器的浏览记录里只有校园论坛,各种通信工具、社交媒体,最近几个月都没在电脑上登录过。

就好像缪小蛙知道她会查,给她来了个"坚壁清野"。

把谁当贼防呢?

缪妙一开始出于担心和内疚,打了一肚子好言好语的腹稿,结果翻到最后,她翻出了火,满腔温柔付之一炬。

于是到了晚上 9:00,缪小蛙下了晚自习回家一推门,就闻到了山雨欲来风满楼的味。

缪队叼着根没点的烟,双臂抱在胸前,面无表情地坐在客厅等她,脑门上黑压压的八个大字——坦白从宽,抗拒从严。

缪小蛙一激灵,像只被大猫按住的小耗子。

缪妙一抬下巴,缪小蛙就自觉坐在了小椅子上,两膝拘谨地并着,准备受审。

"中午微信里你发的那篇小说,是你自己写的?"

缪小蛙愣了一下,随后飞快地摇摇头。

"那是谁?你认识?"

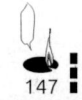

缪小蛙还是摇头。

"说句话行不行,嘴是摆设?"

"不知道,别人发给我的。"

"谁发你的?"

缪小蛙又哑巴了。

"能不能痛快点?我又没考你量子力学。"

缪小蛙一边低头抠着手指头,一边用几乎听不清的声音说:"一起追星的网友,没见过。"

缪妙耐心告罄:"胡说八道!"

缪小蛙一哆嗦,撕下了一整根倒刺。因为营养不良,她手指上有好多干燥的小倒刺,被她自己抠得坑坑洼洼的,再配上那啃得参差不齐的指甲,看着就难受。

缪妙喝道:"不许抠手!"

看见妹妹惨白的小脸,缪妙才意识到自己又凶了,深吸一口气,她尽可能地缓和了语气:"姐有时候说话声音大,不是在冲你发火……"

缪小蛙瞪着大眼睛看着她,仿佛在问:那您干吗?吊嗓子?

"我……怎么说也是你亲姐,爸妈没了,世界上就你一个人……不管什么事、不管怎么样我都站在你这边,哪怕你杀了人……"缪妙说到这儿卡住,随后又泄了气,"当然你要真杀了人我也保不住你,但是法律会惩罚你，我不会……你明白我在说什么吗？"

缪小蛙还是不吭声，跟她对视了一会儿，又低头看自己的手，想抠又不敢的样子。

缪妙气结。

"行行行你抠，随便抠。"缪队投降，眼不见心不烦地抬头看了会儿天花板，又起身摸出一瓶凡士林扔给缪小蛙，"抹了手油再抠行吧？"

缪小蛙把手油攥进手里，反而不乱动了。

缪妙观察了她片刻，又轻声问："关于那篇文里写的内容，那个唐果的故事……你有什么想跟我说的吗？"

缪小蛙顿了顿，沉默了更长的时间，最后还是摇头。

"故事里写的事跟你有关系吗？"

沉默，摇头。

"平安湖、育才、枣花路、区运动会——也是巧合？那里面写的，'平安湖边扔娃娃，被老头报假警'的事，作者是怎么知道的？"

缪小蛙闻言茫然地抬头，有点外凸的大眼睛呆呆的。

姐妹两个大眼瞪小眼足有半分钟，缪小蛙才"啊"了一声："什么娃娃？"

缪妙一直紧盯着缪小蛙的表情，小蛙脸上的茫

然居然不像演的。

这时,缪小蛙好像忽然鼓足了勇气,用比蚊子哼大一点的声音小心翼翼地问:"你看了呀?"

缪妙:"废话。"

缪小蛙又"啊"了一声,像是想说什么,又咽了下去,然后自顾自地走起神来,没了下文。

多年以来,为了对抗专制的姐姐,缪小蛙发展出了自己的战术:她不反抗,不争辩,不到实在忍不住的地步也不哭,平时让干什么干什么,从不说"不",然后无止境地磨磨蹭蹭,磨到别人看不下去为止。

她像一只自闭的小乌龟,往壳里一缩,油盐不进、刀枪不入。

缪妙想起她心疼,看见她来气。

"手机交出来,不许再往学校里带。"

缪小蛙乖乖地交了,觑着姐姐的脸色,她踮着脚溜着边,飘回了自己屋里。

城市渐渐安静,拥堵的交通渐渐疏通开,赛博世界里的"水鬼"卡在自己鬼生最后一夜,鬼影子萦绕在一些风马牛不相及的人心上。

缪妙开始查缪小蛙的手机。赵筱云草草敷衍完工作汇报,再一次翻出杨雅丽的家庭情况登记表。

第十三章

黄晶晶陀螺似的料理了一家老小的琐事，有一搭没一搭地给不肯睡觉的孩子讲故事，睡衣兜里的手机不时微微振动……直到夜色深沉。

缪小蛙的手机干净得像个样机，除了购物社交的几个常用软件，里面就只有打发时间的小游戏——连清水文学城都没有。

缪妙打开了缪小蛙的微信，又看到了一片空白。

缪小蛙就跟有"清空强迫症"一样，随时清理聊天记录，连她俩中午刚发的也给删了。

不对劲，缪妙皱起眉，查了微信登录记录，忍不住骂了一声——果然，记录上显示，本机最近登录时间是傍晚七点，在此之前，缪小蛙那熊孩子的微信登录在另一个型号的手机上。

难怪要把所有的聊天记录都清空，不然她姐打开看一眼就会发现，她俩中午刚发过的信息记录不在这部手机上。

这小兔崽子，反侦查意识还挺强！

此时已经是半夜，缪小蛙早睡了，缪妙悄无声息地潜进她卧室，拿出了缪小蛙的书包，果然在最里面的夹层里发现了另一部手机。

在这儿给她玩暗度陈仓！

缪队又深吸一口气，压住火，三两下破解了缪小蛙的锁屏密码。

果然，微信一登录，她俩中午的聊天记录就跳了出来。

缪小蛙偷偷藏的手机上装的 App 也杂得多，清水文学城赫然在最后一页。

但这部手机上也没有文档，清水文学城也是未登录状态。

缪妙简直快没脾气了，缪小蛙那点智商全用在跟姐姐斗智斗勇上了。

她盯着两人聊天（转账）记录发了会儿呆，突然，缪妙发现从过年到现在，她陆陆续续给缪小蛙转了好几千元的零花钱了，偷藏的手机不是什么高端机，市价顶多一两千元，也没见缪小蛙买过什么大件，怎么三百多元的书本费还要？

她的钱都干什么了？

缪妙立刻翻身坐起来，翻出缪小蛙的支付记录。

几笔给清水文学城充钱的记录赫然在前列，最近每天都要充一百元。

支付记录上有用户 ID 编码，缪妙顺着那串数字搜到了一个用户，有些意外地挑起了眉——那不是个作者号，是个纯读者号。

ID 是"不要葱花谢谢"。

赵筱云知道自己不该这么做，但还是没忍住——

第十三章

她在向加过她微信的学生打听杨雅丽，可惜收获寥寥。

"好学生，挺傲的""她爸妈管得很严""不大跟别的同学玩""不太熟"……

赵筱云发着发着就睡着了，直到第二天早晨闹铃响她随手按断，才发现有个学生半夜回了她："老师她在找你咨询是吗？你别管她了，我觉得她挺阴暗一女的。"

下面是一个截图，那学生说："这是她微博小号，你看看吧，都是黑泥。"

赵筱云放大截图，先注意到一片漆黑的头像，然后是网名：冰皮年糕。

等等，这名字好熟悉！

赵筱云坐起来，打开读者群，翻看群成员，突然发现了一个问题：那些刷花的读者就没有一个进群的。

第十四章

楼上：后台

现实时间：20Y3-3-23 11:30:00

赵筱云心里存着事，一上午做事都不在状态，隔一会儿就去群里看看有没有人说话。可是早上大家可能都在忙，直到她忙完了手头一些琐事，开完组会，群里还是冷冷清清的。

赵筱云看了一眼时间——11:30，《当鬼》还有半小时更新，遂想起个头，说说她的发现，就在这时，群里跳出一条消息。

【看热闹嫌事大】：@全体成员 家人们起来了吗？有个很有意思的事，想跟大家伙唠一唠。
【看热闹嫌事大】：今天咱没文看了，也没有谜要解了，因为作者太太去时装周看秀请假断更啦。那我们干什么呢？文里的谜没有了，不如我们来解一解文外的谜，比如——这篇文的作者到底是谁。
【云朵棉花糖】：？

第十四章

赵筱云茫然,打开清水站,这才看见作者的请假条。

"秀""活动"……还有那浮夸的波浪线,有那么一瞬间,赵筱云没有完全醒过来的脑子死了下机,怎么也没法把这张请假条和杨雅丽联系在一起。她用力眨巴了一下干涩的眼,心里冒出个念头:《当鬼》那篇小说,真的像她一开始以为的那样,是杨雅丽写的吗?

请假条上面就是文案,赵筱云之前净顾着抠内容了,这会儿才发现文案分了两部分,而且看起来相当割裂。

"我在死后的第十八年,陷进了一场阴谋里"——介绍文章内容的只有这一句话,题记式的,和正文……确切地说,是和第六章的行文风格很像,模糊、诡异,好像在暗示什么。

而"P.S."后面的内容则仿佛来自另一个世界,有多破坏气氛呢?就好比是一切烘托到位的鬼屋突然开灯,扮鬼的工作人员一边放韭菜味的响屁,一边喊着"借过内急"往厕所冲。

但这一部分的说话风格又和请假条很像。

只见"看热闹嫌事大"在群里发了三张截图。第一张来自清水城论坛,大概讲了网红"蝴蝶妹妹"从"无意中被扒出"写小说的马甲,到半推半就承

认的过程。

另外两张分别来自原文第一章和第二章的评论区截图。

【大官人】：？
【小龙女】：？
【我老公纸片人】：什么意思？
【旺柴娘】：😓
【看热闹嫌事大】：清水的评论区就这点好，一天内的评论能看到是几小时前发的，十天之内能看到评论是几天前发的。咱《当鬼》的连载日期还没超过十天，所以现在还能看出首章留言的朋友们点进来的时间。
【看热闹嫌事大】：已知，橙纸片子太太是在 19 号凌晨 1 点发现自己新星榜被截和的，感恩太太，太太锲而不舍，被删评无数之后还坚持留言刷负，最后幸存了两条，给今天的我们留下了宝贵的时间线索。
【我老公纸片人】：？？？
【看热闹嫌事大】：对不起我先说，纸片太太 no offence[1]，给太太磕一个！我认为您维护网站公平竞争一点毛病也没有！截您只是为了说明时间！
【看热闹嫌事大】：那么现在，让我们回到 19 号凌晨。
【看热闹嫌事大】：纸片太太点进来的时候，《当鬼》已经发了两章，冲上了新星榜。因为上了开屏，很多半夜看小说的夜猫子都看到了，比如咱群的小龙女（首章留言），大官人（第二章留言）——二位看来都有收新星榜的习惯，都是顺着开屏广告摸进来的。
【大官人】：我不是，别乱说，我只看衍生。

---

[1] "别见怪、没有冒犯你"的意思。

【小龙女】：😄。

【看热闹嫌事大】：其他人，比如刚进群的大佬黑猫大大、云朵大大啊，都是后来才来的，这文每天更新完都上实时玫瑰榜，短则十分钟长则半小时，曝光度不小。哦对，后面来的还有疑似清水编辑的行楷大大，作为能看到后台数据的人，我想编辑应该也是19日凌晨换榜之后才注意到咱空降大神的吧？

【行楷】：🦉

【看热闹嫌事大】：但我们群里还有几位，明显是在纸片太太之前就开始追文了。我就很好奇，三位，你们是怎么知道这篇文的呢？@旺柴娘 @糖糖别怕 @米糊糊

【旺柴娘】：我先说，本人蛾粉，作者开文前就听到消息了，第一时间来支持我蛾的文学梦。

糖糖别怕和米糊糊都没搭腔。

看热闹嫌事大也没等这两人的回复，便接着往下说。

【看热闹嫌事大】：哦哦，是哦，我们蛾大有庞大的粉丝团。当然，咱也不能说19号开屏之前留言的都是粉，毕竟上新星榜之前，我们"鬼"已经冲上鲜花榜了，还挂了《午夜盛宴》的同人，很多美食厨误入，只是大部分人看完文后很迷茫，又都骂骂咧咧地离开了，群主和米糊糊大大也可能是脾气特别好，虽然被骗，还是留下追文了。

【看热闹嫌事大】：没有鉴定二位属性的意思。但咱还是很好奇，因为群主和米糊的读者号都是新号哎，收藏夹里都只有《当鬼》一篇文。也就是说，这两位刚注册清水站，刚开始在浩瀚的文海里搜文，就碰上了咱鬼，就追了，就爱了，请

问这是什么样的缘分?

【看热闹嫌事大】：我突然好怕群主把群解散了，别价啊，不让我在这儿说，我可就同步微博和论坛了 @糖糖别怕

"糖糖别怕"头像灰的，仿佛不在线。

【看热闹嫌事大】：群主不单追文，还追得热情洋溢，甚至为我们只有六章的小幼苗建了群——咱群人不多，好捋。我先说，我是倒数第三个进群的，跟编辑前后脚吧。我后面来的有黑猫和云朵，还有几个进来又出去的。其他几位，还记得你们是什么时候进来的吗？

【我老公纸片人】：捋这个干什么？

【旺柴娘】：我比龙女和纸片太太都早。

【大官人】：我在旺柴娘前面几分钟。

【看热闹嫌事大】：好，也就是说，进群顺序是 1 群主 2 米糊 3 大官人 4 旺柴娘 5 龙女 & 纸片 6 我 & 行楷 7 云朵 8 黑猫——群主和米糊不光在文下留言时间差不多，进群时间也差不多，是咱群元老哎！

【看热闹嫌事大】：那这两位元老在文下和群里都发过什么言论呢？

> 【米糊糊】：0 分 4 天前
> 作者这一章字也太少了，不太像清水文的风格啊。

> 【米糊糊】：0 分 1 天前
> 有点点可怕……

> 【糖糖别怕】：0 分 5 天前
> 误入的美食厨淡定点啦。

【看热闹嫌事大】：群主话太多，我就不一一截了，只截出她第一次出现时的留言。图中可见，米糊话不多，打分都是 0 分，看起来像个路人。来群里以后活跃多了，包括但不限于积极讨论剧情、打断旺柴娘、搬运评论区。

【看热闹嫌事大】：群主呢，正相反，在群里话不多（除了愤怒地出来喷一些人是黑子），不过分析剧情的时候看得出来，群主和本人一样蒙逼。但她在文下评论区却很活跃，章章留评——拉架、四处认亲、水楼，以及暗戳戳地内涵"唐果"是学人精（电视剧里的唐果是小玉，众所周知玉粉姐姐们嘴里的学人精是谁，是玉粉姐姐说的不是我，骂他们不要骂我）。

【旺柴娘】：精彩 !

【我老公纸片人】：群主是 hdmm 粉丝？还是工作室？@糖糖别怕 @米糊糊 你俩不出来说两句？

【小龙女】：好复杂……

【看热闹嫌事大】：@小龙女 宝子，复杂的还在后面呢。

【看热闹嫌事大】：我越来越好奇，于是仔细看了群主和米糊糊的企鹅号，米糊的号是小号，但群主不是，群主不光是尊贵的会员，还是个五年老号，不过估计挺长时间没用过了，是为了建群才重新拿出来废物利用的，忘了自己还挂着以前的签名。

糖糖别怕 👑

林深时见鹿，海深时见鲸，梦醒时见你

所属城市：S 市
账号年龄：5 年

【看热闹嫌事大】：群主真是个文艺青年。感谢伟大的互联网有记忆，我搜到了另一张截图。

蝴蝶妹妹
粉丝 ■■■■ 关注 ■■■■

林深时见鹿，海深时见鲸，梦醒时见你
属地：S 市

【看热闹嫌事大】：这是五年前"蛾"的微博简介，好巧不巧，跟我们群主的签名一字不差呢。啧，那时候我蛾都没有黄V，真青涩啊，不像现在，简介只有冷冰冰的工作室邮箱。

【旺柴娘】：补充一句，群主这号的所属城市跟五年前的蛾也一样，也是好巧。

【大官人】：震惊我全家……

【我老公纸片人】：快来，你要找抱的大腿本腿在这儿。@行楷

【行楷】：……

【小龙女】：我好晕……

【云朵棉花糖】：不好意思打断一下，你意思是说，群主是作者本人？

【看热闹嫌事大】：🌀没有哦，这是你说的，我只是说群主和蛾有很多共同点。

【云朵棉花糖】：行吧，所以你的意思是，蝴蝶妹妹是作者，群主疑似蝴蝶妹妹本人，然后你又说她没看懂剧情？

【旺柴娘】：是啊，奇怪吧？更奇怪的是，作者更文一直更得好好的，昨天群里解读完剧情之后不到半小时，清水城的文案和蛾的微博小号上就同时挂了停更的请假条。

【我老公纸片人】：你是说她是看完昨天群里的分析才知道那篇文写的是什么，代笔？

【行楷】：所以作者不是蝴蝶妹妹，那是谁？

【看热闹嫌事大】：那就不知道啦，毕竟大美女一个包六位数，找个枪手才多少钱？咱也不敢说，咱也不敢问啊。

【黑猫警长】：作者很可能是T市人。

【行楷】：啊……蝴蝶妹妹不就是T市人？

【旺柴娘】：编编，我蛾当T市人才两年。

【行楷】：不影响啊，不就用了几个地名，待俩月就知道这些地方吧？

【黑猫警长】：不是。

【行楷】：？

【黑猫警长】：注意20X9年6月21日那篇日记，天气情况写了"大暴雨"，其他日记里她没有刻意区分大雨和小雨，说明那天的雨很特殊——查一下新闻就知道，20X9年6月21日那天T市突降百年不遇的大雨，引起城市内涝，还死了几个人，跟别的雨确实不一样。

【云朵棉花糖】：所以呢？

【黑猫警长】：所以我突然有个想法，刚刚对照着文中的日记查了气象历史，发现日记里所有的日期、星期、天气都是准确的。

【小龙女】：？

【云朵棉花糖】：！

【旺柴娘】：？？？什么意思？

【我老公纸片人】：你不会想说日记是真的，唐果也是真的吧？

【大官人】：震惊我全家一整年……

没等黑猫警长回答，一直沉默的群主头像突然亮了。

【糖糖别怕】：就你会上网，就你会查气象台？@黑猫警长

群里原本慢吞吞的信息一下加速，除了米糊糊，几乎所有人都跳出来围观了，一片刷屏。

【群主开启全员禁言】

【糖糖别怕】：五年前我虽然不在T市，但既然以日记的格式写书，就要让读者声临其境，人设做了很多功课，这也能变

成我的罪状？你们说我书写的不好可以，我确实也不是专业作者，每个人口味不一样，就因为我没参加讨论剧情，就说不是我写的？清水站的作者不跟粉丝讨论剧情叛几年？
【糖糖别怕】：放心我不解散群，也不踢你，你爱发哪发哪，反正造谣转发超五百犯法，我给你数着！@看热闹嫌事大
【群主解除全员禁言】

好似挂着一身迷雾的"作者"——唐果……或者水鬼——就这么横冲直撞到了所有人面前。

谁也没料到这转折，以至于虽然禁言解除，整个群还是死寂了好一会儿。

好几分钟后，编辑才第一个打破沉默。

【行楷】：看出你不是T市人了，T市人分前后鼻音。
【大官人】：啊这……该说不说，您这"的""地""得"的用法真是作者那味儿了。
【看热闹嫌事大】：或许应该是"判几年"？
【小龙女】：那什么，我想说，过十二点了。
【糖糖别怕】：不好意思，三次元忙，断更了，我昨天说过了。
【小龙女】：但是……
【小龙女】：😈文更了呀……

第十五章
桥断楼塌：锁文

现实时间：20Y3-03-23 12:03:00

Chap 7 刮

更新时间：20Y3-03-23 12:00:00
内容提要：唐果，你怎么没去死呢？你可真不要脸。

正文：

不管会不会游泳，人在溺水的时候一般不会一下沉底，哪怕呛水呛的再厉害，都会本能的扑腾和挣扎。

拼命冒出来，碰到一点空气，再掉下去。

再拼命冒出来，再掉下去。

我也开始挣扎，我努力的去想一些好的回忆，对自己说我不是她，我不是唐果。

生前也应当有很多人对我笑过，有很多人夸过我，有手指上都是茧的女老师拉着我去买奶茶，有从来没说过话的男孩子给我打热水……

可是一页一页的，那些又脏又旧的日记开始往我身上钻，我在和这具又脏又丑的身体融为一体，我拼命想的好事变的又轻又浮，像遥远的画，像我想象出来的。

20Y0年3月17日 星期二 阴

我一辈子都不会忘记今天，一辈子都不想再去那个地方。

我不知道自己该去质问谁，吐了。

今天还是我十五岁的生日……虽然我已经活够了。

看到这一页的时候，我眼前自动浮现了当时的场景：那是一个很豪华、很梦幻的地方，水晶宫的童话世界，只有"公主"过生日才能去的地方，周围到处是蛋糕的奶油香气，到处都是阴魂不散的生日歌。

我冷眼旁观着那些字，忍不住充满恶意的想：三年前就活够了，你怎么没去死呢？

唐果，你怎么没去死呢？你可真不要脸。

20Y0年3月20日 星期五 阴

我的妈妈是个披着人皮的怪物,喝多了酒就会现出原形,这个时候,我就不去看妈妈的脸。

我觉得我的血都是脏的,真想全部抽出来还给他。

20Y0年4月2日 星期四 晴

昨天上楼的时候,我看到三楼在修楼梯,扶手拆掉了,周围围了绳子,我突然想,从这里摔下去好像能死,就拉住李馨宁,在她耳边小声骂她,说她是林水仙的狗。

她们这几个人里,我第二讨厌的就是她。

李馨宁吃惊极了,想挣脱我,但我死死的拉住了她,于是她果然上了当,用力推了我。

我就往后倒,往拆掉扶手的地方摔,这样,她就能变成杀人犯了。

可惜角度不对,从楼梯上往下滚的时候,我撞到台阶减速了,被一个多管闲事的体育老师大呼小叫的拽住,结果没能从三楼摔下去,只有一条腿骨折。

今天,好多人假惺惺的来医院看我,她也来了,我把仙仙那个周边吧唧拿给了她,她的表情像死了爹一样。

20Y0年4月18日 星期六 阴

出院了，我才知道我这一摔，摔出个本校高中部保送，李馨宁在愚人节把我保送上高中了，真有意思。

老师不管我了，妈妈就让我干脆不去学校，我每天和姐姐一样睡到中午，她出去玩，我在家水群刷数据，为仙仙掐架，跟我的亲人们报平安。

我说我出了意外，没死成，摔断了腿。

大家都安慰我说"一定很疼吧，真可惜"。

确实疼，算了，不死了，至少妈妈爱我。

20Y0年5月1日 星期五 晴

我抽不出来自己的血，只有呕吐的时候，仿佛还活着。

20Y0年5月2日 星期六 晴

一个多月没去上学，在网上只打字，我快不会说话了，幸好我的家在网上。

20Y0年6月30日 星期二 阴

网上的家也快没有了，家长和家里的"青团"吵了起来，他俩一个是肉食派，一个是素食派。

素食派的家长说"青团"一意孤行，会害了我们,"青团"说素食主义根本不现实,这个世界上的人们只有害怕的时候才不冷漠,没有人想知道你为什么自杀,但是人人都想知道你为什么要杀人。

我围观了一会儿,觉的没意思,连要死的人都在争执主义,真是吃饱了撑的。

20Y0 年 8 月 31 日 星期一 晴

今天报到,虽然是本部,但学校好陌生。

林水仙也走了,考去了别的好学校,也不在楼上住了,我只能在网上偷偷关注她,看她偶尔发自拍,穿了什么,就喊妈妈给我买。

果然,上普高的都是比我强不了多少的垃圾,不过新同桌居然也喜欢仙仙,是同好。

看在哥哥的份上,我勉强和她搭了两句话,加了她好友。

20Y0 年 9 月 30 日 星期三 晴

钱莉——我那新同桌,居然是个传说中的奋斗咖。

第一次月考,我倒数第六,她正数第五,都怪我后面那几个傻子,他们里面要是有一个能再努力一点,我俩就对称了。

快放学的时候,奋斗咖突然不知从哪翻出一份宁州戏剧学院的简介,还强行给我科普艺考流程。

说什么"这是哥哥的学校,多漂亮啊,考上就可以当哥哥校友……"

神经病。

20Y0 年 10 月 3 日 星期六 晴

奋斗咖周末也不放过我,给我发仙哥回复校友留言的截图。

我没想理她,但后来不知道为什么,查了很多艺考的资料。

宁戏离这里好远,高铁也要五个小时啊。

20Y0 年 10 月 22 日 星期四 晴

又在发,她又在给我发东西,她好烦。

20Y0 年 10 月 30 日 星期五 雨

中午看到热搜,说有个人上街无差别砍人,腰上别着个大喇叭,一边公放自己遇到的贱人贱事,一边砍那些倒霉路人,我觉的很有意思,这人挺有才。

晚上回来看到群炸了,才知道那个砍人的就是青团。

青团疯了。

20Y0 年 11 月 3 日 星期二 晴

因为食肉派都要效仿青团,家长说他为了保护大家,报警了,还把群也解散了。

我又没有家了。

张婷,幸好你不在了,不然看到这一幕,一定很伤心。

【清水文学城,你文学梦想起航的地方!】

作者有话说 当你们看到这一章的时候,可能就要锁文了吧?我一次发完好了。

Chap 8 叉

更新时间:20Y3-03-23 12:00:00
内容提要:可是稻草只是稻草,对吧。

正文:

我说她怎么又苟延残喘了三年呢,原来是又抓到一根救命稻草。

可是稻草只是稻草,对吧。

我感觉日记本快完全融入到我身体里了。

20Y1 年 3 月 17 日 星期三 晴

今天是我最讨厌的一天,吐了一场。

吐完很空虚，照常刷仙哥微博，想给他发私信倒黑泥，反正他也看不见。

没想到他居然回了我的留言，祝我生日快乐。

我是在做梦吧？一定是吧？

20Y1年3月18日 星期四 晴

我一宿没睡着，想那条生日快乐后面还有祝我考上宁戏，就知道这事肯定和钱莉有关。

今天我追问了一天，她才告诉我，上次粉丝活动她中了奖，工作室联系她的时候，她把奖品换成了这个。

20Y1年4月2日 星期五 晴

今天放学，她居然跑到了我家，当着妈妈的面拉我去她家过周末，妈妈脸色很难看，但什么都没说。

她家里人都不在，只有我们俩，她送给一张限量版专辑，拉我一起写作业。

有病，我又不会。

不过周末不用在家挺好的。

20Y1年5月3日 星期一 晴

她总来找我，周末来，五一放假也来，今天又不知道从哪弄来一个宁戏校徽。

她好自来熟，好自作多情，好烦，我把她微信拉黑了。

20Y1年5月8日 星期六 阴

我发现把她拉黑，我微信里就没什么活人了，于是我又把她加回来了。

她也不生气，拿了很多新表情包讨好我，没皮没脸的。

20Y1年7月10日 星期六 晴

昨天晚上去给人过生日，吃了油腻的蛋糕，晚上回来又忍不住都吐了。

高二要重新分班，钱莉分到快班去了，我努力了一年，还在中下游。

烂人会被抛弃的，是吧？

20Y1年8月30日 星期一 阴

她一个暑假没联系我。

我在等什么？真好笑。

20Y1年9月1日 星期三 阴

暑假一直在跑医院，开学典礼也没去，早晨装睡的时候，听到他们商量着要让我休学。

我想，他们是要把我关起来了吧？

20Y1年9月26日 星期日 晴转多云

真好，我"病"了。

他们想把你关起来，就说你病了，疯了。

20Y1年10月12日 星期二 阴

昨天去了急诊，今天被扣在医院里打营养针，晚上我就被接回家了。

我就知道他们不会让我住院的。我跑了还了得？

我也不知道我为什么要活，我现在能算活着吗？

【清水文学城，你文学梦想起航的地方！】

作者有话说 下章告别，谢谢你们。

Chap 9 匙

更新时间：20Y3-03-23 12:00:00
内容提要：我们都有光明的未来

正文：

日记还剩下很薄的一点，但我已经不用看了，闭上眼睛，我都知道后面写了什么。

第十五章

20Y2年1月1日 星期六 晴

今天是新的一年了,我一直熬到零点,钱莉给我打了电话。我俩谁也没说话,一直等着外面喧闹的人声过去。

"新年快乐,"她说,"哦对,跟你说个事儿,下学期我就回咱们班了,你还要跟我坐同桌吗?"

我问她怎么了。

钱莉就说:"没怎么,快班讲得有点快,高二还有半年,我想把基础打扎实一点,就跟咱老班说想回去。"

我说:"你有病吧?"

我俩一起谜之沉默了半天,我问她:"你是因为我才要回来的吗?"

我也不知道为什么,突然就嚎啕大哭,在新年第一天,一直哭到出不了声。

"要不明天再哭吧,我手机马上就没电了,这我妈的旧手机,电池不行了。"钱莉说,"哦对,我跟你说了吗?新年快乐。"

她说过了,她忘了,我今年赚了两声新年快乐。

20Y2年1月25日 星期二 阴

一觉睡到下午四点多,被偷偷放炮的声音吓醒,过年了吗?

我查了半天才弄明白，原来只是小年，又去偷偷看了她的空间。

20Y2 年 2 月 14 日 星期一 晴

我从来没想过，有一天我居然会盼着回去上学。

20Y2 年 2 月 16 日 星期三 阴

今天开学报到，钱莉真回来了！

趁她去教务处领椅子，我把过年收的压岁钱拿出来，在周围发了一圈。钱莉是因为我回来的，我要保护好她的学习环境，哪怕是垃圾堆里，我也要给她收拾出个干净地方。

20Y2 年 3 月 17 日 星期四 晴

祝我生日快乐。

我每天都在看着她。

20Y2 年 5 月 10 日 星期二 雨

这次期中拼了！

她真的很有精神。

20Y2 年 7 月 6 日 星期三 晴

整个六月昏天黑地，我考了全班第十五，钱莉第一,艺考班的老师说,如果高三能保持这个文化课成绩,我就能考上。

我才发现,这学期我一天课都没缺,因为怕我不在,别人吵钱莉学习。

我每时每刻都在看着她。

20Y2 年 7 月 10 日 星期六 阴

妈妈带我去买衣服和首饰,回来路上碰到他的熟人,他就给我打了辆车,让我先回家。

坐在出租车上的时候我突然想,我多久没自己坐过出租车了?

没等想明白,我就到家了。

20Y2 年 9 月 1 日 星期四 晴

开学上高三了,这是我们最后一年。

20Y2 年 9 月 12 日 星期三

我感觉我离她越来越远,越来越远。

两个多月没来姨妈了,真见鬼。

20Y2 年 10 月 5 日 星期三 小雨

月考成绩还是很差,真难。

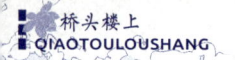

20Y2 年 10 月 20 日 星期二 雨

我肚子疼的睡不着，半夜在客厅坐着，看到茶几上有烟，就点了一根。

那个女的也没睡着，一直在门口看我，一边咳嗽，一边抽烟。

"你当年怎么没把我也流掉呢？"我问她。

她抱着头哭了，我从她身边走过去，发现她身上没有玫瑰味了，她变的又老又丑，真不像人样啊。

20Y2 年 11 月 3 日 星期四 晴

期中退步了一点，没事的，不是高考。

20Y2 年 11 月 11 日 星期六 晴

妈妈在外面喝了酒，回来撒酒疯，我一颗牙松了。

20Y2 年 12 月 28 日 星期三 晴

还有十天就要去参加艺考了，考不上，我就再也见不到钱莉了。

20Y2 年 12 月 31 日 星期四 晴

新年快乐。

日记到此没有了，我感觉还差一个结局，于是

提笔在后面写道:

20Y3 年 3 月 17 日 星期五 晴

生日快乐,唐果。

死日快乐,我。

从今天以后,我就是你,你就是我了。

我是一只水鬼,存在的意义就是寻觅替死鬼,找到了,我就能解脱。

没想到死后第十八年,我被一个人抓去,变成了她的"替活人"。

在漂亮的大房子里过人的生活,比在阴冷的水下当个腐烂的鬼还苦吗?

我不知道,我们都有光明的未来。

【清水文学城,你文学梦想起航的地方!】

作者有话说 再一次谢谢你们,我的梦想实现了。

第十六章
第一重楼

现实时间：20Y3-3-23 12:15:00

【管理员404】：根据相关法律法规、政策及网站规定【详情】，本文已被锁定，15秒后跳转至主站【20Y3-3-23 12:15:00】。

【作者申诉】【读者申诉】

本来挂了请假条的网文闹鬼一样连更三章，以火箭般的速度打了"已完结"。

可是没多大一会儿……网速慢得可能都还没加载出来，即将再一次爬到"实时玫瑰花榜"上的《[无限]在恐怖故事里当鬼是怎样的体验》又突然被网站锁了。

一出一出的，让人应接不暇。

【云朵棉花糖】：怎么回事？我刚被同事叫出去一趟，没来得及看就锁了？清水抽了？
【旺柴娘】：不是，黄牌红锁，网站锁的。
【看热闹嫌事大】：？

第十六章

【小龙女】：怎么这么快就锁了，我没看完呢……

【大官人】：机智如我，看见第一更的"作者有话说"就眼疾手快地全文下载了。

【云朵棉花糖】：求！！！

【旺柴娘】：我也……

　　　　【大官人】上传 [当鬼].TXT 到群文件

【我老公纸片人】：我举报八百次刷分刷花。你们装死，理都不理，现在锁？你们有正事吗？

【我老公纸片人】：@ 行楷 @ 行楷 @ 行楷

【我老公纸片人】：垃圾清水吃枣药丸[1]！

【行楷】：别激动，等我去问问……

【黑猫警长】：这文是要锁的。

【黑猫警长】：你不是作者，作者是谁？@ 糖糖别怕

【糖糖别怕】：？

【糖糖别怕】：你没完了是吧？

【黑猫警长】：你现在在林安机场，但发文作者 IP 在 T 市 XX 大学。

【大官人】：？

【我老公纸片人】：？？

【看热闹嫌事大】：好家伙！

【旺柴娘】：还可以查 IP？

【糖糖别怕】：人肉犯法你知道吗？

【黑猫警长】：没有人肉你，你半小时前发的照片有定位。

【黑猫警长】：以及我知道人肉犯法，我是警察。一会儿可能会有人联系你。

【黑猫警长】：也烦请各位保持低调，暂时不要扩散到其他论坛和社交媒体，可以吗？@ 看热闹嫌事大 @ 旺柴娘

1　迟早要完。

"黑猫警长"三条信息一出,原本七嘴八舌的读者群跟被禁了言似的,聊天框一刹那就凝固了。

可能是心理作用,缪妙总觉得自己有点喘不上气来。

一看见倒数第三章,她鸡皮疙瘩都起来了,缪队记得那案子——

三年前,有个不到二十岁的哑巴青年确诊了尘肺,四处求告无门,上街报复社会。他在一条人流量很大的步行街上随机砍人,造成一死三伤后抹了脖子。

因为不会说话,他当时腰间别了个大喇叭——路边小店甩卖时对着大街吆喝的那种——里面请人提前录好了话。他用那喇叭循环播放着自己的"冤情",被当时的媒体称为"喇叭男"。

这事本来应该是个爆款新闻,各类公众号本该蜂拥而上,写出一堆妙语连珠的"十万+"文章,但当时几乎没有水花。因为事发后不到一小时就全网删帖,媒体们不再跟进,群众也很快被晚上爆出来的名人出轨事件转移了注意力——"喇叭男砍人"案发生后不久,警方就接到了自首,得知这起案子是好几个人一起策划的,目的就是引发社会关注度。

那是个发泄情绪的网络社群,像现实世界的卫

第十六章

生死角一样,它是赛博世界里藏污纳垢的角落。里面有穷困潦倒的绝症患者、求告无门的底层蝼蚁,也有不缺钱只单纯厌世的青少年、现实世界不敢开口的小孩子。

它匿名,有自己一套特殊的交流语言,"外人"误闯可能会摸不着头脑——会把"死"谐音成"食",所以成员网名都和吃的东西有关,"喇叭男"的代号就是"青团"。

和无数沉在不见光处的边缘群体一样,这种社群本来就是个"倒黑泥"的地方,看着脏,但没有什么危害。直到群里的一个小学女生在学校跳楼自杀,意外引爆了社会舆论。

群里沸腾了。

"感觉她走得很值""谢幕那一下子是人生高光""羡慕,这辈子算值了"……

这些从来没有得到关注的人以为自己找到了一条通往"荣耀"的路。他们开始争相效仿,精心设计自己的"高光死亡",其他人会热心地出主意,甚至在现实世界提供帮助,试图复制一次那个小姑娘的"成功"——也来一场"轰动全城"的死亡。

可惜"走红"这个事自古就是玄学,活着是,死也是。他们屡试屡败,不管怎么精心策划都激不

起水花。死了的当然一了百了，解脱无牵挂，其他参与者却在一次又一次的"失败"里积攒怒气。

终于，有人在沉默中变了态。

一些激进分子认为自杀不够轰动，是因为破坏性不够，于是他们提出了更有破坏性的思路：拉一些倒霉蛋垫背。

那挥刀染红了半条街的"喇叭男"就是其中的激进分子。

有"激进派"，当然也有"保守派"，比如群主。群主认为自己只是个挣扎在活和不活之间的好人，不是神经病。双方谁也说服不了谁，吵了一架后，群主把包括"喇叭男"在内的潜在杀人犯都踢出去了。

"喇叭男"事发后，群主报警，顺着他提供的线索，当时的警方查了"喇叭男"的通信记录，发现这几个被踢出去的人自行组了小群。小群里六个人，都参与策划了当街砍人的事：有人帮青团打磨"杀人文案"，有人替他录音，有人筛选最佳作案时间和地点，还有人跑到现场录视频，并在案发后第一时间试图在网上传播。

这也解了警方的另一个疑惑："喇叭男"公放的"小作文"写得条理分明，还有点煽情，远超当事人自己的文化水平。

第十六章

缪妙听说过这件事，是因为当时参与"喇叭男砍人"策划的六人之一在本地，但不在平安区，所以她也只知道个大概，不了解细节，看到那些沉默的"刷花人"，她也没能把两件事联系起来。

直到看见倒数第三章里明明白白地写了"青团别喇叭砍人"，她才毛骨悚然地去核实了案发时间和细节，确定青团就是当年的"喇叭男"，立刻联系清水站锁文。

"喇叭男"那事里，涉案者六人，最大的二十四岁，最小的十五岁，一半人都未成年。这六个人因思想偏激被原社群驱逐，成了结伴咬人的"孤狼"，原来那个大群的成员很可能也都是这个年纪的青少年。

那个大群的群主报警前很害怕，把群解散了——而在此之前，群里说话的不说话的都算上，有近百人。

他们又在赛博空间聚集起来了吗？

小蛙是什么时候加入他们的？

她只是好奇、只是围观，还是也想"登台"，也计划着怎么死出一片哗然的效果？

为什么？

有那么一瞬间，缪队想冲进学校，把缪小蛙拽出来质问：为什么？就算你不是自愿出生的，你也不是我生的，我是欠你的吗？这么多年，我不说倾

其所有也差不多了,到底哪儿对不起你了?

缪妙的肝火几乎烧到了肺里,一口气呛住,她剧烈地咳嗽了起来,黑洞一样的肺把她的肝火浇灭了,她脑子里"嗡嗡"的,突然觉出了微妙的荒谬感——她还把自己这病当个大事,不敢告诉妹妹呢,压根不知道人家已经勘破生死视之若等闲了。

与此同时,"糖糖别怕"——"蝴蝶妹妹"本人接到了警方电话,被迫取消航班,回来配合调查。

知道这事不是闹着玩儿的以后,被吓唬住的"蝴蝶妹妹"很快老实交代了。

"真名?"

"吴悦悦。"

"年龄?"

"25 岁……身份证上是 25 岁。"

"籍贯?"

"G 省 L 市。"

"不是本地人吗?"

"……嗯,不是。"

"这篇小说是不是你写的?"

"蝴蝶妹妹"诡异地沉默了。

"到底是不是?"

"不是。"

"那是谁写的?"

"助理。"

"助理?"

"公司刚招的实习生,重点大学的,孙哥说我老说降智的话,给我找一个有文化的替我写文案说话。"

"孙哥是谁?"

"经纪人。"

"你那代笔助理叫什么名?"

"真名郘婧……网名叫'大米',在我视频里出过镜,孙哥不给她化妆,就让她看着跟个书呆子似的,但粉丝还挺喜欢她。"

"那篇文下的'米糊糊'也是她?"

"嗯。"

"其他人呢?给你打赏的那些都是什么人?"

"我粉丝。"

"粉丝?"

"我粉丝挺多的,里面好多'玉黑',看见这个感觉我替他们出气,挺高兴的。"

"等等等会儿……里面好多什么？什么黑？"

"'玉黑'，就是那个演电视剧的明星叫小玉……《午夜盛宴》就是她演的，她粉丝里好多疯狗，没事追着骂我跟我粉丝……反正我们家的看见我内涵小玉觉得挺爽。"

中年民警听得一头雾水，好像英语差生被扔进了雅思听力现场，茫然地跟旁边年轻同事对视了一眼，往后一靠，问讯的换了人。

年轻点的民警继续问："你的意思是说，你写……你让你助理写这篇文，是为了恶心那个叫小玉的明星及其粉丝？"

"写真人会被告啊，我助理就说不如写刚播完的电视剧同人，非营利的，剧方又没不让。"

"谁出的主意？"

"她——大米。"

"具体怎么回事？"

"就前一阵，我去参加个活动，品牌邀请的，有红眼病看了翻我黑料，说我没文化，拉低了品牌格调什么的。孙哥让大米发个水平高点的文案反击一下，大米私下里给我出了这么个主意，说我可以在其他平台多写点字，也不用有什么质量，反正我粉丝也不看，写多了人设就立住了。"

"你就答应了？"

"她给我看了个开头，我当时……我真没看懂，我一看书就困，就一看写闹鬼的，还写唐果丑什么的……再加上大米说她也是'玉黑'，我觉得挺解气，让她写了……因为这事孙哥还把我骂一顿。"

"那你为什么突然要停更？"

"我拉了个粉丝群嘛，看见他们分析剧情是……是往那个方向的，就很怕有人黑我，本来我的黑就爱造黄谣……我还没跟孙哥说这事，就把大米骂了一顿，让她今天不用来上班了，还把那个清水站的密码都改了。"

"那她怎么又更了？"

"好像是我忘了改登录邮箱，她拿邮箱把账号找回了。"

年轻民警一时无语。

这时，一个同事进来，低声说："找到作者了。"

年轻民警忙问："人没事？"

"没事，找人很快。"

年轻民警点点头，正准备出去，走到门口，他好像突然想起了什么，转头看了一眼"蝴蝶妹妹"那张精致得仿佛没有灵魂的脸："你怕人造黄谣，为什么一开始死不承认那篇文是代笔？"

"蝴蝶妹妹"一愣,厚重的假睫毛扑闪了一下,一刹那,"人偶"好像活了。

"能说吗?"

"我怕……怕是真的。"

"什么是真的?"

"她写的故事……我怕大米写的故事是真的,真发生过的……她老在我视频里出镜,被人扒出过三次元,如果是真的,那她以后在学校里……反正我也不是第一次被人造黄谣了。"

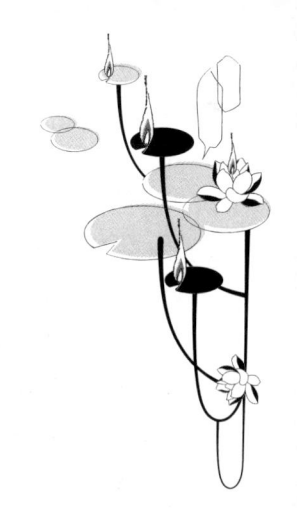

第十七章
楼上雾

现实时间：20Y3-3-23 13:30:00

聂凯晕晕忽忽地从隔壁公关部门问到了锁文缘由，又被上司喊去问情况，轻车熟路地把自己择得干干净净，心神俱疲地回到工位前。再从后台看见《当鬼》里那些刷花的ID，她微微打了个寒战，感觉自己应该找个庙去拜拜。

聂凯还没弄明白这些人的目的，但总觉得自己好像看见一群面孔模糊的幽灵，正在赛博空间里做着一场诡异又凄厉的法事，祭的不知是神是鬼。

群里的"黑猫警长"居然真是警察……聂凯直觉这个人来追文的动机就不简单，有心想私聊问问，又犹豫了。成年人不该多管闲事，更不该没事找事，她现在应该做的，就是安静地退出那个倒霉群，打开她的电脑，开始排下礼拜的榜单。

她脑子里乱七八糟的：看管理员404那一脑门的官司，连清水站这次都是躺着中枪，真要沾点人

命,网站吃不了兜着走。遥远的哭声大家听见会唏嘘,多愁善感的还会跟着掉几颗眼泪,堵着自家门口办丧事那肯定不行,立马给你投诉物业。

幸亏出事的不是她的签约作者——聂凯其实动过念头,自带流量的作者,内容还有点东西,签下来多排几个榜单的事,又没成本——现在想来,真是一身冷汗。

因为作者瞎写,责编跟着"进去喝茶"的可不少,提起这个聂凯就来气,"网文编辑"居然也能让这帮祖宗给弄成"高危行业"。

好好写跟妖魔鬼怪霸道总裁什么的谈恋爱不行吗?该结婚结婚,该领证领证,送入洞房之后省略,注意保护纸片人隐私……就这么点要求,不行吗?聂凯就不明白了,这帮写网文的,一个个的,字都认全了吗?老想弄点深沉的,老想表达点什么——都什么水平啊,怎么那么有表达欲呢?抱着您肚子里那点墨水照照镜子,真当自己写世界名著呢,您配吗?

她说的就是橙纸片子之流!

都这会儿了,橙纸片子还在不停地给她发私信,追问她到底怎么回事。

聂凯本来懒得搭理她,想了想又怕这颗脑干发育不良的"海胆"出去惹事,于是语焉不详地说:

第十七章

应该是跟倒数第三章写的那个砍人案件有关系，敏感内容，怕造成不良影响，网安让锁的。

橙纸片子秒回：那不可能，要是砍人都不让写，干脆把悬疑武侠都禁了呗。除非那部分写的也是真事，现实也有这么个自杀群。

聂凯要给她跪下了。

有些人该用脑子的时候拿脚办事，不该瞎琢磨的时候居然长出逻辑了。

聂凯一边暗骂她吃饱撑的，一边苦口婆心地嘱咐：宝啊，这事你悄悄知道就行了，别出去乱说啊，一会儿咱俩都退……

一句话没打完，"群"字还悬挂在她的输入法上，聂凯就看见那"鬼群"跳了出来。

不愧是日更万字的作者，纸片大大手速惊人，连发三条信息不带错别字。

【我老公纸片人】：我问到了！是因为倒数第三章那个"青团"锁的，那自杀群是真事。怪不得那章"作者有话说"里就预言了会锁文！
【我老公纸片人】：所以你真是警察？@黑猫警长
【我老公纸片人】：现在是怎么回事？你们找到作者了吗？人还活着吗？她为什么写这个？

聂凯木然了。

速效救心丸呢?这编辑让她干得,快殉职了!

"纸片人"那打字的手比高铁还快,三条信息下去,仿佛扔了三颗炸鱼弹。

【大官人】:!!

【大官人】:你不要吓我!

【看热闹嫌事大】:自杀?谁?hdmm?不对,刚说了作者不是她……我晕了!

【行楷】:……

【旺柴娘】:蛾不是作者,肯定是代笔,所以作者可能是写完这篇文就不想活了,利用蛾和蛾粉给她炒热度?

【旺柴娘】:为什么?作者想曝光学校?还是曝光那个Z?那报警啊,报警不行找媒体……找几个大V扩散也比这靠谱吧,写网络小说是什么脑回路???

【看热闹嫌事大】:是的啊,太扯了吧。蛾是在尝试一种很新的炒法吗?

【小龙女】:👀确实……

【看热闹嫌事大】:所以说作者到底是谁,蛾,在吗?真被请去喝茶了👀?@糖糖别怕

【云朵棉花糖】:我认识一个刷花的人。

【旺柴娘】:谁?

【小龙女】:真的假的?

【看热闹嫌事大】:什么人?你们蛾粉吗?

【云朵棉花糖】:我真的不是,我以前根本没听说过蝴蝶妹妹。劳驾各位,我现在不想多解释这个。

【云朵棉花糖】:简单说,我是个学校里的心理老师,有个学生……具体什么事我也不能说,反正那学生是来找我做咨询的,Ta把这篇文推给我的,但是问什么都不告诉我。

【云朵棉花糖】:我之前好多看不懂的地方,想找人讨论剧

情，但是你们都在掐架没人理我……我现在也巨蒙，谁能帮我捋捋，到底怎么回事？我学生会有危险吗？

【旺柴娘】：有点职业道德的人给学生打码严谨到人称代词。

【大官人】：那你赶紧报警啊别在这儿聊了！@云朵棉花糖

【看热闹嫌事大】：😂😂好吧，我就静静地看你们表演。

【黑猫警长】：你学生 ID 是不是"冰皮年糕"？@云朵棉花糖

【云朵棉花糖】：你怎么知道？！

【黑猫警长】：这个 ID 在第三章留言里说"看的人越来越多了"，应该是那天把文推给你的，而且 Ta 知道你看了，是吧？

【云朵棉花糖】：……对，你怎么又知道了？😳

【黑猫警长】：第六章所有刷花的 ID 都在刷"对不起"，只有冰皮年糕没说，说明这个年糕可能是唯一一个完成了什么事的人。

【我老公纸片人】：完成啥？成功安利给别人？

【看热闹嫌事大】：反正文锁了，评论咱也看不见。我说咱别演了吧，一会儿说唐果是真人真事，一会儿又网警锁文。再过会儿是不是该洗蛾仗义发声了？你们清醒一点，这也信？要真有事，蛾手下八百营销号指名道姓开扒不好吗，非得这么迂回？不就代笔翻车嘛，搞这么神神道道的，痛快点，大家嘲一通过去得了。

【我老公纸片人】：装理中客的黑能不能滚远点，就你聪明？

【大官人】：我也混乱了。

【行楷】：

> 【未熟】2 分 刚刚
> 为作者送上【玫瑰花】19 枝
> 对不起。
>
> 【冰皮年糕】2 分 刚刚
> 为作者送上【玫瑰花】3 枝

【行楷】：我们后台能看到评论，确实是这样。我也希望大

家别讨论了,静待调查结果。但这个可能真不是你想的阴谋论,现在网站这边也确实有警方在调查,麻烦先不要扩散出去可以吗? @ 看热闹嫌事大

【大官人】:等等,我觉得跟之前扒的好像对得上,群主和米糊疑似作者和作者身边的人,纸片太太和编辑是查刷榜的,龙和我是因为新星榜进来的围观路人,旺柴是跟着 hdmm 来的,热闹是论坛来的,就云朵你一个人是三次元来的!所以他们真的只安利成功了你一个人。

【小龙女】:好像还有黑猫没说……

【旺柴娘】:那些刷花的人不是蛾粉?

【我老公纸片人】:这篇文就算是代笔,肯定也不是从外面买的版权,蝴蝶妹妹团队是傻子也不会买这种文笔稀烂的意识流,那肯定应该是团队内部的人代笔。所以是米糊糊? @ 米糊糊

【看热闹嫌事大】:行吧,你们非要扒,蛾是有个叫"大米"的助理,最早蛾要写小说这件事就是从她那漏出来的,我扒蛾的时候顺便搜了搜她,想着人家是素人,保护隐私就没细说。

【我老公纸片人】:哦哟,你们黑还认识"隐私"俩字啊?

【看热闹嫌事大】:呵呵跟纸片太太认识的字一样多呢。

【看热闹嫌事大】:📎米糊糊 这是她微博小号,XX 大学的,里面还有照片。

【看热闹嫌事大】:我说真的,你们是不是也太认真了,就算真有警察来查,那也是蛾团队心大写了敏感内容。还真当小说人物是真实的?不说别的,最后一章日记里的日期都是乱的没发现吗?一看就是编得仓促没顾上修文,果然上清水的人数学都不好。

【看热闹嫌事大】已退出【濒危水鬼保护组织】

第十七章

黄晶晶顺着"热闹"给的链接点进去,"大米"的私人微博ID也叫"米糊糊",和读者ID一样,私人微博里内容不多,最新的一条发在今天中午十二点过几秒,几乎就在《当鬼》更文之后,写的是"我们都有光明的未来"。

这么看,最后三章应该是她发的。但……小说是她写的吗?

黄晶晶辞职多年,每天心里想的都是孩子的屎尿屁,好久没这么动过脑子了,感觉自己快过载了,太阳穴疼。

可如果唐果日记是真实的,那"米糊糊"就不是"唐果",身份和年龄对不上——唐果今年应该是十八岁,米糊糊已经大四快毕业了。而且从日记里的遭遇推断,唐果不太可能上大学。

那米糊糊会是"水鬼"吗?

"水鬼"在小说里是第一人称,是线索人物,但是这个"人物"有什么意义,黄晶晶还是百思不得其解。

"水鬼"是代表替"唐果"申冤的人吗?

似乎说不通,首先写网络小说这个操作就很让人困惑,虽说现在流行"社交媒体升堂",但用网文那点流量申冤?太离谱了。就算作者是有特殊的"作家梦",对清水城有什么奇怪的情结,想在死前

把自己的故事写成小说给人看到,也不对劲啊——《当鬼》那篇文写得太晦涩了。

她为什么要用"水鬼"这么奇怪的视角?纵观全文,她的主题是什么?是性侵?虐待?校园暴力……还是别的?不夸张地说,这篇文的议题比它字数还多。单纯是写作水平问题吗?

而且……

黄晶晶很多年没看过小说了,不知道自己是不是过度解读了,但她总觉得"水鬼"和"唐果"这两个人的关系非常微妙:文中有些地方,这两个人似乎同呼吸共命运,另外一些地方,"水鬼"又好像对"唐果"有恨意。

米糊糊也不是本地人,从私人微博上看,她是外省考进来的,今年大四的话,应该是20X9年9月才入学。在此前,她都在几百公里以外的地方念中学。

那么T市多年前的区中学生运动会,20X9年夏天的大暴雨……米糊糊都是怎么知道的?确实,这些事也不是什么机密信息,网上都能查到,可为什么要刻意去查这些事?就为了增加文章真实感?

以及黄晶晶最关心的一点——"张婷"的真名,米糊糊是怎么知道的?

她想了想,私聊了"黑猫警长"。

第十八章
第二重楼

现实时间：20Y3-3-23 14:30:00

缪妙"黑猫警长"的小号收到好几条私信，"我老公纸片人"在群里疯狂@她问进展，她电话还在这时候响了。

缪妙深吸一口气，闭上眼，用手指轻叩桌案，一秒一下。五下之后，她镇压住了脑子里七上八下的缪小蛙和胸片，心又冻成了坚硬的石头，这才拿起手机。

先接电话，电话是同事打来的，一上来就告诉她一个坏消息。

"缪队，大学路那边派出所的刚打电话过来，说他们把邰婧——那什么'米'送急诊了。"

缪妙心一沉："刚才不是说没事吗？"

"以为没事，一开始也挺正常的，还问他们要不要喝水，没过一会儿人就不行了，他们这才知道她吃了安眠药，这丫头还真是要自杀！可太悬了我跟

你说，幸亏咱们人去得及时……缪队你真行啊，请假在家摸鱼看小说还捎带手救条命，那俩派出所的哥们儿说谢谢你呢——哎我都没来得及问呢，你什么情况啊，多少年没见你请过病假了，到底怎么……"

同事后半截说了什么缪妙没听进去，她心里生起一种说不出的违和感。

不……不对。

缪妙打断对方："找到这个邰婧的时候，她什么态度？"

"啊？什么态度……态度挺好的啊。那边兄弟说大学生就是大学生，寻死觅活都显得比别人有素质。呃……就是跟她说话有点费劲，只回答了自己姓名网名，哦，还有承认了你说的那篇小说是她写的，然后就问不出什么了，过一会儿药劲上来也没法问了。"

没法问了……

缪妙："具体吃了什么药，哪儿来的？"

"安定，应该是自己攒的，她同学说她好像一直有失眠的毛病，经常去医院开安眠药。"

缪妙心里的违和感越来越重，脱口说："能查一下邰婧的手机和电脑吗？"

"啊……"电话那边的同事愣了一下，委婉地说，"什么理由啊？"

缪妙说完，自己也反应过来了——没有理由。

第十八章

跟当年上街砍人的"喇叭男"不同,这个"大米"除了在网上写了一篇不太和谐的网络小说之外,就是灌了自己一把安眠药,她不是犯罪嫌疑人。

T市这几年管得很严,说怀疑谁要自杀,民警根据IP去寻人没问题,但要查人家私人电子设备,就得有理由走流程了。

按说找到作者以后,这件事应该就算解决了。后面的常规操作就是送医院,然后找人给寻死的做心理疏导。顺着清水站的IP,把那几个刷花的"食物"找出来,线上封号,线下联系,做做思想工作,未成年的约谈一下监护人,再让辖区民警和社区多留神……

可是这里头总有点什么理不顺,逻辑不够通畅——米糊糊为什么要吃安眠药?

普通人可能会被电视剧误导,但一个长期去医院开安眠药的人,不知道用这玩意儿自杀不靠谱吗?

长期吃苯二氮䓬类药的人本来就容易产生抗药性,可以说只要别让药片噎死,吃安眠药最后的结果基本就是去医院洗胃,白受一趟罪,搞不好还得留下点后遗症。

蝴蝶妹妹那边被警方询问,正常情况下,肯定会联系这个私自发文的米糊糊——蝴蝶妹妹不联系,被蒙在鼓里的经纪人也一定会联系——所以民警找

上门来的时候,米糊糊一点也不意外。

安眠药起效时间很短,不超过半小时,米糊糊话说到一半才开始有反应,很可能是她知道有警察要去找她之后才吃的。

为什么?

怕民警白跑一趟,所以自杀给他们看,让他们找点事干?

缪妙让同事先去筛查评论区 ID,重点是刷花的和一个叫"蜡笔"的 ID,然后叫了辆出租车,直奔缪小蛙学校,路上开始翻看网友消息。

群里又吵起来了,那"纸片人"不知道干吗的,好像也是个清水站作者,实在有点搅屎棍的本领在身上,跟谁都能呛起来。

看热闹嫌事大退群没多大一会儿工夫,她又因为旺柴娘在群里说的那句"报警,找媒体、找大 V 扩散",单方面地发起了论战:大意是骂旺柴娘站着说话不腰疼。

"纸片"打字比别人看字还快,刷屏刷得人脑仁疼,其他人在试图转移话题或者拉架,旺柴娘没吭声——旺柴娘正在给她发私信。

【旺柴娘】：你好，能看一下证件吗？我以前是个记者，采访过那个小学女生自杀事件。我可以把我以前的证件、署名文章都拍给你看，有一点事情想跟你说。

缪妙给旺柴娘发了警号，对面确认以后，对她说了《当鬼》一文里用了"张婷"真名的事。

【旺柴娘】：你们后来讨论说那篇日记里所有日期、星期和对应的天气信息都是真实的，我就去查了当年走访过的学校，发现张婷事件的日期是对得上的。也就是说，这里面不存在巧合也不是误会，作者就是知道张婷跳楼的来龙去脉。

【旺柴娘】：但我在网上搜了一大圈，一来这事真的过去很久了，二来我们当年报道保护了未成年人隐私，我确定网上搜不到张婷本人的信息。米糊糊当时也不在T市，我想不通她是怎么知道的。

【旺柴娘】：另外蝴蝶妹妹的黑粉扒过"大米"的个人信息，我刚才找人问过了，把她各种社交媒体都翻了一遍。这女孩大四，已经二十二岁了，在外省外市长大，发过零星几条关于父母的信息，生父关系疏远，不怎么管她，生母过世好多年，有继父也只能是冥婚了，这女孩是跟着五保户奶奶长大的。不管这个大米是谁，她肯定不是"唐果"。

【旺柴娘】：另外……我提供个人看法，我觉得这篇文写得很"散"，非要说的话，只能用"作者想呈现她的一生"来解释。可是最后一章时间错乱，日期和星期对不上，一下又把真实感打散了，你感觉到了吗？有没有可能不是一个人写的？但我又想不出这么做有什么目的。

"张婷"居然是真名……

缪妙皱起眉——这个她都不知道。

旺柴娘不清楚"食物群"的详情，但缪妙第一时间联想到了那个造成"食物群"变味的小学女生，会不会就是张婷？

那米糊糊会知道"张婷"事件就有两种可能性：

要么，张婷跳楼的时候，米糊糊就已经在食物群里了，是赛博目击者。只是她当年是"素食派"，没被"青团"牵连，风波过去以后又找到了当年的群友抱团。但"唐果日记"里，唐果和张婷是在现实中认识的。日记中有"我""变成张婷"之类的描述，似乎在暗示"唐果"是用张婷的账号加入食物群的。

要么……米糊糊不是作者。

作者像文中写的那样，是现实世界的目击者，张婷事件发生的时候，她在那个教学楼里往外张望。

育才小学，和张婷同届，20X7年5月8日那天，

第十八章

上午第三节是数学，第四节是体育。

这条件应该能把范围限制在一个班里，缪妙立刻找人联系育才小学，看看能不能调出当年的学生名单。

完事她正想看"云朵棉花糖"发的私信，又收到同事消息。

同事说："缪队你够细致的，'蜡笔'还真是马甲，IP跟'冰皮年糕'是一致的。"

缪妙用力捏了捏鼻梁，打开"云朵棉花糖"的对话框。

【云朵棉花糖】：不好意思打扰了！我知道现在大家都忙，但我这边冰皮年糕这个学生也是未成年，家长还不太好沟通，想问一下到底是什么情况？这学生会有伤害自己和别人的风险吗？拜托拜托！

"云朵棉花糖"年纪不大，慌起来说话有点颠三倒四，缪妙飞快地从她那儿提取到"冰皮年糕"的信息：他们不在 T 市，在隔壁省 A 市，两地相隔大约三百公里。

虽然"云朵棉花糖"有意识地隐藏未成年学生的真实信息，但藏得不高明，缪妙能看出来，这个"冰皮年糕"应该是女孩，高二或者高三，跟"唐

果"……还有小蛙差不多的年纪。

看"云朵"的描述,这孩子有点恃才傲物,智商应该很高,缪妙心里迅速把《当鬼》全文各种细节在心里过了一遍——文中没有能对上号的人物,"冰皮年糕"不是故事里的人。

"云朵"一直以为"秦老师"在影射她自己,据缪妙看应该只是个误会。

原文里"秦老师"的出现是和平安区中运会联系在一起的,那会儿云朵棉花糖自己还在他们本地上学呢,时间地点都对不上。再说"唐果"遇到"秦老师",好像是溺水者抓住了救命稻草,在缪妙看来,冰皮年糕对那小老师态度挺俯视的,有种逗她玩的感觉。

那么冰皮年糕在这件事情里扮演的角色,很可能像当年"喇叭男"事件里的"群友"一样。

同时她还有另一个马甲"蜡笔",这不是一种食物。

从文下评论可以看出来,在"云朵棉花糖"的ID加入讨论之后,"蜡笔"明显活跃了起来,唯恐谁看不懂文中隐喻似的,一直在引导,第六章文下干脆捅穿了文中"妈妈"的身份。

"蜡笔"这个马甲是用来"带节奏"的……还是对他们"食物"群内人也是保密的?

第十八章

对了，还有平安区中运会！

虽然不知道"唐果"上的哪个中学，但她是入场式方阵的举牌人。

当年各学校派出的学生都有名单，缪妙参加过当年的安保工作，正好认识负责人，立刻打了个电话过去。

挂断电话后，出租车正好停在了缪小蛙学校门口，缪妙跳下车，联系老师，随便找了个借口把惴惴不安的缪小蛙领走。

14:30，姐妹俩相对无言地回到家，读者群里已经针对最后一章的时间错乱提出了七八种解释，缪妙也收到了两份名单，一份是育才小学与张婷同级的一班学生名单，一份是中运会方阵名单。

两份名单上有一个名字重合了。

"唐果"是真实存在的。

第十九章
猜猜我是谁

现实时间：20Y3-3-23 14:45:00

陈曦，女，出生日期20W5年3月17日，十八岁，T市平安区人，现就读于平安区第二中学。

这是一个从来没有进入过缪妙视野里的名字。

意思是说，这个人从头到尾，没有出现在《当鬼》一文有关的事件里。她既不是名义作者，也不是发文更新的人，既不是跳到缪妙眼皮底下的活跃读者，也不在那些已经查出IP的刷花人中。

"名义作者"蝴蝶妹妹一脸茫然，从来没听说过这个人。

"疑似作者"米糊糊还在医院洗胃，没法问。

那么这个陈曦是唐果吗？

她经历过什么？

她是《当鬼》真正的作者吗？

不得而知，因为陈曦目前的状态是失踪。

离谱的是，她是23日这天中午失踪的。

第十九章

更离谱的是,第一个发现这女孩失踪的人居然就是缪队——一个跟当事人素不相识、八竿子也打不着的休假刑警。

23日早晨,陈曦照常出门去了学校,踏踏实实地上了半天的课,中午11:50下课,去校外吃午饭,半路遇到班主任还打了招呼,然后她就再没回去。

缪妙查到陈曦的时候,已经是14:45,高中生下午第一节课快上完了。二中是所走读学校,也不是重点高中,到了高三,学生们大多各有去向,干脆放弃高考的也不少,只要不出乱子,老师们基本都睁只眼闭只眼,所以任课老师看见班里少了个人也没在意。

陈曦的班主任接到警方电话后去教室找人,才发现人没回来,手机关机,问一圈同学,没人知道她去了哪儿。

她上午最后一节课用过的书还在桌上,上面压了支没盖笔帽的中性笔,东西基本都没动,唯独书包跟人一起没了踪影。

平安二中在平安区湖滨西路街道派出所治安管理区范围内——是缪队的"娘家",沟通起来很有效率。帮她去查"陈曦"的是以前的老同事,姓王。

民警老王说:"你刚才乍一问我没想起来,这会

儿有点印象了，这闺女我记得。"

缪妙一皱眉，被派出所民警"有印象"，怕不是什么好事。

老王："可闹腾了，前几年脸化得花里胡哨的，脸上涂俩大黑眼圈，一脑袋黄毛，看得人脑壳疼。那精神状态，我看着都想让她验个尿。前些年光因为她离家出走，家人就上我们这儿报了两三回案。"

缪妙："离家出走？"

"有一次是要跑到外地看什么演唱会——那回我们在火车站把人截住的；还有时候单纯就是出去游荡一两天，没等我们找，钱花完自己就回来了。"

"都是为什么？"

"什么都有——逃学、追星、见网友，要么就是跟家里闹矛盾。这孩子爹妈不是原装的，亲妈后爸，妈老不在家，后爸这……可能也不好管吧，孩子教育也真是个问题。不过这两年消停多了，我还以为她长大懂事了。"

"后爸什么人？"

"有钱人。"老王脱口说，随后想了想，又补充道，"不是暴发户那种，说话办事都客客气气的，像念过书的。那孩子没事作妖，他跟着忙前忙后任劳任怨的，也怪不容易的。我记得好像是个什么公司的高管，一会儿查查……不是，缪队，你打听陈曦干什么？你们那儿没好事，你一问我瘆得慌。"

缪妙没顾上回答，追问："后爸姓什么？"

老王："哦，姓张。"

张——Z叔叔。

缪妙心往下一沉。

《当鬼》那篇小说扑朔迷离，一时半会儿说不清楚——主要她自己也捋不清——于是缪妙迅速交代老王说，这个陈曦在网上的一些言论表明她现在可能有危险，要尽快找到人确认安全。

老王紧张起来："怎么了？她是想不开了还是怎的？出什么事了？"

"还不清楚，等我再确认，可能和她继父有关，你们先找到人……还有，一会儿帮我问一句，这女孩在学校里同桌同学叫什么名字。"

老王立刻答应，挂电话前还嘀咕了一句："可别真有事，她这种情况，要不是你打电话过来问，都不知道耽误到什么时候。"

她这种情况？哪种情况？

缪妙一愣，随即想起来：陈曦3月17日生，已经年满十八岁，成年了。

成年人失踪，只要不是有确切证据说可能遇到危险了，派出所是不会立刻立案的。

家里人……如果她家里有人的话，只知道她早

晨出门上学去了，也至少要到平时她放学回家的钟点才会察觉到不对。

她是自己离开学校的，没有任何征兆，以前又有数次离家出走的"前科"，报到派出所，民警也只会想"又是她，又跑了"，未必会重视。

也就是说，如果不是"旺柴娘"提供了张婷事件的信息，如果不是缪妙突发奇想，循着"唐果"记录的两个事件筛出了"陈曦"这个人，要等当地派出所确认陈曦失踪，最早、最顺利也是明天的事。

米糊糊在民警找到她之前，一把安眠药把自己灌进了急诊，就算洗胃洗得及时，等她清醒也是晚上了。她不是什么嫌疑人，在不知道陈曦存在的情况下，民警不会不依不饶地追着个刚自杀未遂的小姑娘审，怎么也要等她休息好、情绪稳定了再来问情况——到时候就算"米糊糊"不小心漏出了什么，也不知道是几天以后了！

米糊糊不合常理地无效自杀，难道就是为了给陈曦拖延时间？

拖延时间……让她去干什么？参与这件事的其他人会不会也……

缪妙头皮发麻，一把拽过缪小蛙，把她从上到下检查了一遍。缪小蛙还是那副手脚冰凉半死不活的样子，跟平时没什么不同，缪妙不由分说地搜了她的身，把她的水壶打开闻过尝过，书包翻了个底朝天，东西倒了一地。

呼吸心率正常，目光没有涣散，她身上没有刀片，没有来历不明的药品和食物。

缪妙把所有带尖带金属的东西都放在一堆，看向缪小蛙。缪小蛙就像个第一次上街偷钱包就被人逮住的小流浪儿，全程一声不吭，逆来顺受。惊慌之余，她又仿佛因为知道自己为什么被搜身，显得心很虚，目光躲躲闪闪的，不看姐姐。

直到这时，缪妙才突然意识到，她俩刚刚就像演了一出激烈的默剧，空气沉闷得让人窒息。

缪妙胸闷得厉害，想咳，咳不出，气也喘不上来。她胸口剧烈起伏了几次，逼着自己再次冷静，先联系了云朵棉花糖，简单告诉她米糊糊吞安眠药送了急诊，让她立刻去找冰皮年糕确认安全。

然后她把手机一扔，站在一地狼藉里："缪语萱，抬头。"

缪小蛙飞快地看了她一眼，见不得人似的，目光又飞快地滑开。

"'不要葱花谢谢'是你，"缪妙说，"平时给你那么多零花钱，交个书本费都要伸手，你钱都干什

么了?"

小崽子不吭声。

"给网文打赏了,因为你们要把那篇文顶上榜。"缪妙语气平静,脸色却难看得要命,盯着缪小蛙的眼神就像头暴怒的狮子,"你们跟作者是在网上认识的,在一个群里,每个人的网名都和吃的有关。凑在一起就为了研究怎么自杀更引人注意。你们不光花钱刷,还找那个群里最有影响力的人,冒名人的名义发,让身边人都去看——发的时候没注意,一不留神发给我了,然后立刻撤回,生怕我看到坏你们的事,是不是?"

缪小蛙嘴唇动了动,像是想说什么,又咽了下去。

"你挺有本事啊缪语萱,书念得不怎么样,都会策划社会事件了?我是不是应该谢谢你,策划的是自杀不是杀人?"

还是沉默。

"你在那群里都说过什么?爸妈走了,你落到我手里了,生不如死,所以不想活了?"缪妙最痛恨缪小蛙那欲言又止的憋屈样,强压的怒火炸了,"我是没给你吃还是没给你喝?我打你了?骂你了?虐待你了?你要什么东西我打过磕绊?你到底对我有什么不满意你说!缪语萱,你说话!"

缪小蛙大大的眼眶红了,她不出声,哭也不出声，只是默默地掉眼泪，好像受了天大的委屈。

缪妙比她还委屈，只是不会哭，于是她脑子一热，口不择言："你对得起我吗？对得起你自己吗？对得起爸妈当年……"

她倏地意识到了什么，闭了嘴。

缪小蛙猛地抬起眼直视了她，两人无声对视片刻，这次却是强势的姐姐先逃走了。

然后缪妙听见妹妹用细弱而颤抖的声音说："爸妈当年是因为我才没的，当年要不是……要不是我非要改名，他们就不会那天出门……不会出车祸……都是因为我，死的人就应该是我……你觉得我是你的拖累……你还恨我害死爸妈，你就是恨我，讨厌我……我也讨厌我自己……"

缪妙像是被人兜头扇了一巴掌。

缪小蛙缓缓地蹲下，泣不成声，嘴里反复说着"你恨我，你讨厌我"。

缪妙想否认，话到嗓子眼，却怎么也说不出口。她无措地看着泣不成声的小女孩，成了那个哑口无言的人。

就在这时，手机振了一下，老王给她发了一条信息。

老王说："问到了，陈曦的同桌叫钱莉。"

第二十章
猜到了？

现实时间：20Y3-3-23 15:10:00

赵筱云可没有"山崩不变色"的心理素质，收到黑猫警长的警告，她好悬没当场吓成尖叫鸡，第一反应就是找领导。

她手指如飞，三下五除二就在聊天框里打出了半篇小作文，然后突然刹了车，目光落在她刚刚敲上去的几个字上——"高危，紧急，需要立刻采取干预措施"，感觉这一幕似曾相识。

赵筱云顿了顿，翻出得知杨雅丽自残之后她给校领导打的报告，看了一眼又关上了——不愧是她，用词都一样。

此时已经过了 15:00，赵筱云这一整天都过得魂不守舍，草草对付了工作。她一直在追踪网上的动向，翻冰皮年糕的微博小号。

那是个关闭了评论功能的账号，冰皮年糕不与人互动，只是在数据浪潮里自言自语，说的都是

"杨雅丽"不曾宣之于口的话。

她讲自己，说自己活得不如马戏团里算数的狗，可能因为她不是毛茸茸的——狗虽然表现不好也挨打，但算对了也有奖。她只是个考试机器，好是正常，"坏了"就得修理。

她讲妈妈，说妈妈是个变异狼人，不用等月圆，不定哪个圆灯泡就能点燃她的狂血。妈妈一"变身"就摔东打人，乱挠乱咬一通。完事变回人又后悔，会抱着被她打成死狗的女儿大哭，拽着女儿的手抽自己耳光。

她讲爸爸，说他是一台神奇的旧电脑，网络信号永远只有一格，朝他发一百条信息，九十九条发送失败，剩下一条会激怒他，破电脑会变身"霸天虎"。然后他就会在家里横冲直撞，大战嗜血狼人，制造连环车祸。

这女孩大概作文写得不错，用词很灵性，妙语连珠，讲的都是人间事故。

这个特别聪明、特别灵的女孩可能正在犯罪，也可能正在寻死——这事现在除了杨雅丽自己，只有赵筱云一个人知道。

假如慌不择路的废物老师再次把这件事通报校领导，学校就会再次如临大敌地找警察、找家长。他们会先把杨雅丽像传染病人一样隔离开，一起围着

问她"你到底有什么想不开的呀,说出来我们帮你一起想"。而家长会再一次大吵大骂着来领人,好像这个孩子长歪了都赖学校,跟他们一点关系也没有。

到那个时候,杨雅丽在干什么,就只有她自己知道了。

赵筱云一字一句地删掉了自己的小作文,抓起手机,撒丫子往高二教学楼跑。

学生还在上课,她就踮着脚,像热锅上的蚂蚁,在教室外面一通乱转,最后还病急乱投医到了"黑猫警长"那儿。

【云朵棉花糖】:我应该怎么说?怎么问?直接问行吗?我会不会刺激到她?

"黑猫警长"那边不知是忙还是无语,好一会儿才回了她仨字:你问我?

赵筱云:那……对不起?

【黑猫警长】:你不是心理老师吗?

赵筱云恨不能大吼一句:"我只是个宝宝!"

可是别人又不是她亲妈。

那个"黑猫警长"小姐姐说话言简意赅,连个

"emoji[1]"都不用,酷得要死,她要是敢把这句话打过去,对方八成得认为她脑子有泡。

但她就是宝宝,就是巨婴啊!

下课铃倏地响了,赵筱云激灵一下,猛一抬头,她看见自己在楼道玻璃窗上的倒影。教师有着装要求,赵筱云家境又好,买得起好衣服,她穿得又得体大方,不说话也不动的时候,真的很像那么回事。谁能看出这只是一张皮?

不知怎的,赵筱云忽然想起本科时候上过的一节课。

台上老师在讲云里雾里的"客体关系理论",台下赵筱云睡得东倒西歪,突然被同学的议论声吵醒,她迷迷瞪瞪地揉开眼,听见大家在讨论"假如你的孩子摔倒了,吓得哇哇大哭怎么办"。

同学有开玩笑说"打屁股"的,有说"打地板给娃报仇"的;温柔派说要"赶紧抱起来哄",理智派说"先带去医院看看伤";教育系的最离谱,说要"趁机教育孩子,如何坚强地面对人生挫折",强行拔高主题……

然后那个说话像念经的老教授推了推眼镜,说:"温尼科特会走过去,冷静地扶起孩子,如果孩子还

---

[1] 指表情。

哭,就跟孩子说'来,告诉我你害怕什么,我告诉你发生了什么',然后让孩子继续玩。"

同学们的议论声降下去,赵筱云也醒了,她听见老教授继续说:"小孩什么都不懂,都是看着大人的,可惜很多大人也只是大号的儿童,自己都满心恐惧,活得惴惴不安。他们压根没有力量告诉孩子'这没什么大不了的,我们可以解决'。依附着他们的孩子以后会十倍地放大这种恐惧,世界在他们眼里会变得危机四伏——所以你们将来毕业,一定不要急着成家生子,要自己先长大才行啊。"

课间活动的学生开始出教室,见了赵筱云就站住问好,一声一声的"赵老师"拉回赵筱云的思绪。

"小赵老师,"刚上完课的班主任看见心理老师,以为班上谁又出了幺蛾子,明显紧张了,三步并作两步小跑过来,"怎么了?你找我们班谁啊?又出什么事?"

他应该是不想惊动学生,话音压得很低,赵筱云差点没听清,可她却注意到周围几个学生立刻不说笑了,好几双目光投了过来,连教室里都有人探头,楼道里气氛都不对了。

有那么一瞬间,她明白了什么叫"小孩都是看着大人的"。

赵筱云下意识地踩住地面站定,听见自己轻而稳地说："没事，我周日晚自习家里有点事过不来，跟你们学生说一声改咨询时间。"

说完，她镇定地敲了敲教室后门，朝杨雅丽招招手："雅丽出来一下，我跟你请假。"

班主任松了口气，这好像是什么神秘的信号，方才跟他一起紧张的学生也立刻好了，追跑打闹着经过。

赵筱云强装若无其事，跟同事闲聊几句，"轻松"地拉起走出教室的女学生："走，先去我办公室拿你的作业，不能白让你歇一周。"

往心理教研组走的时候，她感觉那个跟在她身后的女生一直在看着她。

赵筱云想起《当鬼》最后一章。

"我每天都在看着她""我每时每刻都在看着她"。

"坐，"办公室里，赵筱云倒了杯水放在杨雅丽面前，"冰皮年糕。"

杨雅丽眉梢一动。

"是这个 ID 对吧？"

"你没上报校领导？"

两个人几乎同时开口，话音撞在了一起，又同时沉默。

"没有，上次上报，我感觉对你没什么帮助。"

好一会儿，赵筱云说，"网警在找那篇文的作者，他们现在也不确定这件事的性质，所以还没开始联系你们，现在你的事只有我知道。"

杨雅丽给了她一个嘲弄的似笑非笑："我说呢，网警介入了啊，难怪IP查得那么快。老师你胆儿肥了，这都瞒报，万一我也吃把安眠药，你可是吃不了兜着走，不怕担责任？"

她知道米糊糊会吃安眠药……

赵筱云心里一突，脸上强行稳住了："怕。你要是真吃了，我工作肯定就没了，编制也没了，刚上班一年出这种娄子，以后可能相关行业都不能再干，专业废了。就算有别的地方愿意要我，有这么个心理阴影在，我也很难再干下去了。所以你吃过安眠药吗？"

杨雅丽不笑了，沉默了一会儿，她说："没有，大米说过，安眠药吃不死人。"

赵筱云表面不动声色，心脏其实已经跳到了一百八："你，大米，还有那些刷花的人，都是在哪儿认识的？"

杨雅丽一翻眼睛："警察不都找过你了吗，你不知道？还问？"

"你知道那篇文的作者是谁？"

"知道，我们叫她'螃蟹'——网名。你不用着

第二十章

急告诉警察,也不用查IP,她不会留言让人查到的,那文是早写好让大米代发的。"

赵筱云屏住呼吸:"警察告诉我,大米吃安眠药是为了给她拖延时间。"

"对,其实是个预案——作者想看到自己的文完结再走。但清水城你懂的,雷点很多,不定写了个什么就被'口口[1]'被锁文。最后三章里她写了喇叭男的事,那是网络违禁词,万一有人看出来报警,警察找到大米是分分钟的事。我们讨论过,如果警察几天以后找大米,那就该说什么说什么,如果警察来得太快,大米就把自己送进医院——她经验挺丰富的,拖延一天,让螃蟹从容办好自己后事。"杨雅丽偏头看了一眼墙上挂钟,"这钟点你们才来问,八成晚了。"

赵筱云血压爆表,说话都结巴了:"你、你在说一条人命,你们明知道……"

"明知道她要死不制止?不好意思啊老师,我们有群规,平时可以互相支持,但是如果谁已经决定好要走,别人不许劝、不许拦、不许评价,也不许告密,我们都发过誓,违反的话下辈子……生生世世都得做人。可不可怕?"

赵筱云无言以对。

---

1 指某些字词表述不合规,被网站屏蔽。

杨雅丽："我们只是在帮她完成愿望。"

"她……她什么愿望？"

"你好好看了没有啊？不是第一章就写了吗，她的愿望是当个作家，写王八蛋！"杨雅丽避开她的视线，不耐烦地望向窗外，"还有，只有大米跟她有过联系，我不知道螃蟹三次元信息，老师你问我没用。我要是知道，现在不得跟大米一样把自己吃进医院？还会坐在这儿等你们审？"

赵筱云脑子里乱糟糟的，办公室里只听得见挂钟的"嘀嗒"声。

好一会儿，杨雅丽漠然道："你就跟警察说，让他们等大米吧，她睡不着不是一两天，安眠药吃很久了，不会把自己吃出问题的，明后天应该就能回答问题。"

"明后天还怎么来得及……"

"当然是来不及的，"杨雅丽忽然笑了，"螃蟹早想好了，她就是要死，要是不死，这事不就成闹剧了吗？以后谁还会把她当回事？你看我，我就不敢死，只敢在胳膊上划两刀，有人管我吗？"

赵筱云本能反驳："不是，你们遇到不好的事，可以告诉……"

杨雅丽再次打断她："告诉学校老师？老师有什么用？老师只会'上报学校，通知监护人'。监护人妈妈说了，没这回事，孩子学习压力太大，吃着治神经病的药呢，这都是她没事想象出来的……哦对，她十八岁成年了，可以自诉，但自诉你有证据吗？没有，对吧？有伤吗？也没有，好家伙，警察一听这怕不是自愿的？你是不是还想说，大米那里不是有网红资源吗？为什么不用网红团队帮忙曝光？废话，哪个傻子会沾这种事啊，连个锤都没有，到时候惹一身臊，以后再关联上什么黑词条怎么办？"

赵筱云一肚子话，全让那女孩自己说了，她再一次词穷，搜肠刮肚，只剩蠢话："你为什么要加入这样的群？你也想……"

"暂时没想好，"杨雅丽漠然道，"我还没研究出来怎么不痛苦。"

赵筱云急了："可、可是不管遇到多难的事，活着撑过去就能有希望啊。你还这么小，成绩又好，你将来……"

"鸡汤灌不好就别强行灌了，老师。"杨雅丽脸上刻薄的笑容又徐徐展开，"活着有什么意义呢？或者说活着有意义吗？"

赵筱云被她问住了。

活着真的有意义吗？十六岁的女孩问二十三岁的女孩，两个人在人生的终极问题前面面相觑——如果没有，那么为什么不能去死？难道是因为法律

规定人只有生存权,没有死亡权?

那也无所谓,死都死了,变成法外狂徒又怎样?谁还能判她的刑吗?

"老师,你还有什么要问的,抓紧时间问呗。"

"……你为什么告诉我?"

"嗯?"

"既然你们不能告密,你为什么要给我推那篇文的链接?"

"总归也是个扩大影响的途径,我又不会嘴欠提前揭谜底。"杨雅丽低下头,有一搭没一搭地抠自己手玩,"我们这种不是像'蓝鲸游戏'一样嘛,我知道之前因为'喇叭男'那事里牵扯好多未成年,教育部门都发过文,你们干这行的应该都收到过内部文件吧,注意学生安全使用网络什么的……扩散给你们这样的人看到,反应或许更大。当然,确实只是我异想天开,我在群里提出来的时候就没什么人响应。大米说我们这群里没几个混得像人的,推文也推不出去,不靠谱。其实我们主要还是想用蝴蝶妹妹的粉黑发散,粉黑扒起来玩很大的,到时候再直播个割腕把警察招来,这多热闹?我只是随便拿你试了试,没想到你还真看了。"

赵筱云无言以对,只能干笑。

她是个混子。她压根没听说过"喇叭男"。

第二十章

这时,赵筱云的电脑屏幕上闪过几条信息,是黑猫警长补充的。

赵筱云余光瞥见那些字,心里忽然掠过一个念头,脱口问:"那你为什么要出这个主意?"

杨雅丽一愣:"什么?"

"'蜡笔'也是你,对不对?"赵筱云轻轻地说,"蜡笔在文下的留言是给我看的,你怕我看不懂……"

"拜托,你也太自作多情了,老师。"杨雅丽冷冷地打断她,"那小号当然是带节奏用的,那些粉粉黑黑傻了吧唧的,没人带节奏,他们掐都掐不到点上。"

"不,不是,"赵筱云盯着女孩的眼睛,有点语无伦次,"你其实……你是发现我居然真的看了,想知道如果我看懂了,我会怎么做,对不对?你想知道我会不会站出来保护你……你们……"

杨雅丽一口否认:"你想多了。"

赵筱云被噎了回去。

可是好一会儿,杨雅丽又轻飘飘地说:"不过随便,你愿意怎么想我也管不着。老师,不用跟我较劲了,我真的不知道螃蟹的三次元信息。"

赵筱云心说扯淡,黑猫说《当鬼》那篇文里全是三次元信息。

但她实在是心神俱疲、黔驴技穷:"那……给我

看看你们的群,行吗?"

杨雅丽嗤笑一声,慢吞吞地掏出手机:"置顶的就是——你看也没用,我们都会删记录,有的人还聊完就删群呢——你想看内容得找人复原,再说她也不在群里透露三次元。"

赵筱云接过来,聊天记录里果然空白一片,她很快找到了"螃蟹",点进个人资料,发现里面一片空白。

螃蟹的头像是一张卡通画,画上有两个女孩,左边人的脸被涂黑了,右边人圆脸戴眼镜,有点雀斑,正冲镜头比剪刀手。

赵筱云是社交媒体深度用户,一眼看出这张画是人工智能用真人照片改的,截下来发给了"黑猫警长"。

几分钟后,卡通画通过缪妙转到了民警老王手上,老王已经赶到平安二中,很快传回了照片原版:是一张两个少女的合影。

"钱莉认出来的——右边那小眼镜就是钱莉,旁边被涂黑的这个是陈曦。"

涂黑代表什么?

缪妙问:"钱莉和陈曦最近一年发生了什么事?她俩闹什么矛盾了吗?"

老王说:"没有啊,他们老师说两人挺好的,小

更新

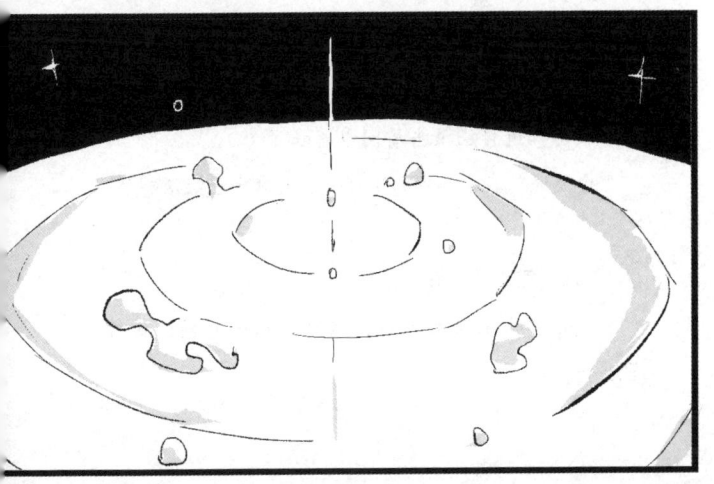

女孩刚才一直问陈曦怎么了,哭得稀里哗啦的……哦对,还有你问的日记,钱莉说没见陈曦在学校写过日记,但她偶尔更新什么……什么空间?网上的玩意儿,等等我拍给你看。"

老王挂了电话,很快发了几张照片过来,缪妙点开图片看了一眼,血压就蹿上去了。

20X6 年 3 月 17 日
我都十一岁了,感觉自己好老了,唉!

20X9 年 5 月 13 日
开幕式大成功……上初中以来没这么好过。

20Y0 年 3 月 17 日
我一辈子都不会忘记今天,一辈子都不想再去那个地方。
我不知道自己该去质问谁,吐了。
今天还是我十五岁的生日……虽然我已经活够了。

20Y0 年 5 月 1 日
我抽不出来自己的血,只有呕吐的时候,仿佛还活着。

第二十章

20Y2 年 1 月 1 日

今天是新的一年了,我一直熬到零点……我今年赚了两声新年快乐。

…………

桩桩件件,整整七年。

缪妙捏着手机的手暴起青筋:"王哥,把她后爸'请'过来一趟。"

第二十一章
错位

现实时间：20Y3-3-23 15:30:00

陈曦的空间仅好友可见，缪妙借了钱莉的账号登进去确认了一遍，全都是唐果日记里的内容。

她克制地深吸一口气。

陈曦就是唐果，板上钉钉了。

但缪妙还是叮嘱去陈曦家查访的民警留意日记本——她猜还是会有一本纸质的，像水鬼描述的那样：老旧的壳子，七年的故事装订在一起。

因为网络空间里的日志不全，尤其是早些年的内容缺失很多。可能是那时候陈曦年纪小，上网受限制。另外，陈曦的空间虽然也设了"仅好友可见"的，但毕竟不是完全私人的，她留在网上的内容是日记里相对没那么隐私的部分，看起来也没那么诡异窒息。

缪妙迅速核对了一下，陈曦空间里有20X6年3月17日的第一段、20X6年5月2日、20X7年3月

17日、20X9年3月17日前两段、20X9年4月9日、20X9年5月13日前两段、20Y0年3月17日、20Y0年3月20日最后一段、20Y0年5月1日、20Y0年8月31日后两段、20Y0年9月30日、20Y0年10月3日、20Y1年3月17日、20Y1年3月18日、20Y1年7月10日、20Y2年1月1日、20Y2年2月14日、20Y2年2月16日、20Y2年3月17日第一段、20Y2年5月10日第一段、20Y2年7月6日前两段、20Y2年9月1日、20Y2年10月5日、20Y2年11月3日、20Y2年12月28日。

老王那边也调出了学校监控。

"12:00左右，校门口的监控拍到了陈曦出来——截图里我圈出来了，把书包抱在胸前的那个就是。她从学校出来的时候一边走一边摆弄手机，这时候手机还是开机的，钱莉发信息让她带杯奶茶，她回说自己要晚点回，让别人带了。然后陈曦过马路，上了15路公交车，批发市场方向，坐了三站，在古城西站下车，最后一个拍到她的是路口摄像头，时间大概是十二点一刻。"

老王说到这儿，叹了口气："古城那边都是城中村，小路乱七八糟的，好使的摄像头本来就不多，她在那儿下车是不是故意避开人的啊？反正我跟古城那边几个派出所的都打过招呼了，已经在附近找起来了。"

缪妙快速地翻看着老王发给她的截图和视频。

奇怪……太奇怪了，她想。

把双肩背包抱在胸前，这是常见于长途旅客们的背法——包里有贵重物品，防着扒手从背后偷走。陈曦离开学校的时候手机是拿在手里的，书包里还装了什么东西？

另外就是，这女孩跟缪妙想象的太不一样了。

看完《当鬼》那篇文，缪妙印象中"唐果"是个瘦小、相貌平平、有点怯懦畏缩的女孩。可陈曦非常高挑，体形也很好看，有点舞蹈生的意思，监控看不清脸，但她在一大帮拥出学校的学生里很显眼，目测不低于一米七。

不过这点姑且存疑……严谨起见，缪妙仔细搜了一下《当鬼》全文，发现文中确实没有具体描述"唐果"长什么样。也可能是她自己一开始以为这是缪小蛙写的，被这先入为主的印象误导了……想想也是，运动会能被选去举牌的，身高和长相都不会"平平"。

还有就是陈曦的家庭背景——

据老王说，陈曦是有亲生父亲的。

陈曦的亲生父亲叫陈文逸，是个体户，自己开了家艺术培训工作室。这是个《当鬼》里没出现过的人物，因为《当鬼》是从"唐果"——陈曦——十一岁写起的，而陈曦九岁的时候父母就离婚了，

第二十一章

她跟了妈，这个父亲很早就离开了她的生活。

陈曦的妈妈更对不上。一开始老王说孩子妈"老不在"，缪妙以为她像《当鬼》里那个"女怪物"一样，每天打扮得花枝招展出门游手好闲，结果发现完全不是那么回事。

陈曦母亲名叫蔡人美，是某服装厂的董事长兼总经理，"不在"是因为她的厂子在远郊区县，平时生意太忙。而且这个蔡人美女士已经四十六岁了，网上能搜到照片，就是个不难看也不好看的中年人，跟故事里那阴森森但青春貌美的"怪物"妈妈不沾边。

两口子离婚以后，陈文逸没再婚，蔡人美则在两年后——20X6年，跟一个叫"张淮"的男人重组了家庭。

和《当鬼》一文最能对得上的就是这个"张淮"。

张淮现年四十八岁，是某会计师事务所的高级合伙人，有过一个亲生女儿，离婚时判给了前妻。这个男人名声非常好，中年没发福，算得上相貌堂堂，有钱、高学历，看起来文质彬彬，连老王不明内情的时候对他印象都不错，堪称完美。

被民警喊去派出所的时候——据老王说，张淮开了辆宝马X5。

老王这会儿已经知道了前因后果，怒不可遏。一方面是因为他自己女儿也快上高中了，另一方面

也是有种被愚弄的感觉：他一开始居然还说过张淮的好话。

"等着，我非把这孙子弄进去不可！"老王咬着后槽牙，"真当满十四岁就没事了，他怕不是忘了自己是法定监护人？"

缪妙交代了几句，重新把注意力转回疑点上。

陈曦的亲生父亲陈文逸离开得早，文中略去不提可以理解，但关于"妈妈"的描写出入未免有点大。

"妈妈"可并不是一个可有可无的边缘角色。

会是艺术加工吗？因为陈曦怨恨母亲的忽视，所以故意丑化她？

那这"丑化"的方向是不是有点怪……把她"丑化"成一个年轻了十多岁的大美女？

缪队没什么文艺细胞，一时品不出这里面有什么象征意义，她只觉得整件事，从文里到文外、从网络到现实，好像一直在"妈妈"上出幺蛾子。

但现在已经来不及纠缠这些细枝末节了，当务之急是立刻找到陈曦。

不管是缪小蛙还是那个远方的"冰皮年糕"，都透露出陈曦是没打算活下来的，从她失踪到现在，已经过去了三小时，每耽搁一分钟，这孩子生还的概率就更渺茫一些。

第二十一章

平安湖滨、二中、古城……到处都是在寻找这个神秘女孩的民警。

缪妙简单跟赵筱云沟通了进展——这件事现在无法定性，两地警方协同调查要走正式手续，肯定来不及了，她需要赵筱云那边尽可能地从"冰皮年糕"那儿获得信息。

什么都行，陈曦的遗愿、无意中提到过的向往的地方、喜欢的明星……任何她临死前可能会去的地方。

撂下手机，缪妙刚要说什么，就看见缪小蛙瞪着眼盯着自己。

她俩之间横着十多年前过世的父母、日积月累的坚冰，缪妙心里其实有千言万语，可现在不是时候，寻找陈曦比她肺癌开胸还紧急。

"咱俩的事先放一放，行吧？"缪妙有几分疲惫地说，"小蛙，人命不是玩的，死了就没了，永远也回不来了，也没有……没有你们那群规里说的下辈子。"

她说这话的时候，那种她第一次把"肺癌"这个词往自己身上贴时，胸口涌起的洪流再次往上翻腾。这一次，缪妙花了十倍的力气才压住，嗓子有点哑。

"所以关于这个……这个'螃蟹',你能想起什么?"

"她……"缪小蛙卡了下壳,这次却不是消极抵抗,她看起来真的很震惊,"姐,你刚才说的人,那个陈……是谁?是螃蟹吗?你们这么快就知道螃蟹是谁了?"

缪妙:"别废话……"

缪小蛙:"怎么找到的?怎么知道是她的?她很小心的,肯定不会在文下留言的。"

缪妙平时在单位就是个炮筒,要是她手下哪个同事反应这么迟钝,早挨削了。

可是面对十六岁的小妹妹,她也只能强压火气,心说:当我是你?

文里一串真名真地址,要不是时间有限,拿脚都能锁定本人,还用查什么IP……

等等。

缪妙突然想起来,"云朵棉花糖"方才也抱怨过,说她那学生一点也不配合,还睁眼说瞎话,怎么问都是一句"我不了解螃蟹三次元信息"。

难道……

缪妙:"所以你不知道那篇文里'张婷''钱莉'都是真名?"

缪小蛙的眼睛又大了一号,看起来更呆了。

"真名?"在赵筱云面前一直游刃有余的杨雅丽

也第一次露出意外的神色。

缪小蛙反应了几秒，眼睛里浮起泪花："所以那个故事里的……真的都是她的日记吗？"

杨雅丽则在短暂的意外后，立刻又皱起眉："我说你们怎么这么快锁文……不可能，螃蟹的本意虽然是把她的事写出来让大家知道，但是要一层一层地扒，最后的终点在大米那儿，这是设计好的。三次元写进文里太容易人肉搜索了，提前暴露的话就乱了，螃蟹不是这么不小心的人。"

网线两端，敏锐的缪妙和不那么敏锐的赵筱云同时觉出了不对劲。

这些参与刷花的孩子信息也不全！

【云朵棉花糖】：我刚确认了，冰皮年糕他们根本不知道唐果日记里写的人物地点和事件都是真的，孩子没去过T市啊，平安区在哪儿Ta都没概念！
【大官人】：？
【我老公纸片人】：？
【小龙女】：？
【行楷】：？
【旺柴娘】：姐妹你错屏了！！！

赵筱云傻了。

她好多年没这么用过脑子了，皮层过载，把发给"黑猫警长"的私聊内容发到读者群里了。

但该看见的人都看见了,要撤回信息已经来不及了。

【我老公纸片人】:日记里的人物地点事件都是真实的?那肯定不是那个米糊糊了啊,年龄都对不上!什么情况,你们找到真正的唐果了?@黑猫警长

第二十二章
第三重楼

现实时间：20Y3-3-23 15:45:00

相传清朝有十大酷刑，"遭遇偏执狂傻×客户"是第十一种。

聂凯恨不能把手伸进屏幕，隔着万水千山把橙纸片子的脑袋瓜揪下来，扔洗衣机里甩干净。

大大您存稿了吗？日万[1]了吗？实在闲得没事双开[2]好吗？

女娲她老人家捏你的时候是不是喝多了，忘了给你安装"看人脸色"功能了？没见"黑猫警长"亮明身份以后大伙儿都躲着这位？没见嘴那么硬的黑子都忙不迭地退群了？你知道人家办的什么案吗？关你什么事啊亲？

聂凯把键盘敲得"噼里啪啦"的，给橙纸片子发私信，苦口婆心地劝：你不要妨碍公务，人家明

---
1 意为一日更新一万字以上。
2 意为同时更新两篇文章。

显是私聊里说的,你看见当没看见,让人默默撤回不行吗?虽然群里没几个人,但这是能在群里说的事吗?

发过去后石沉大海,橙纸片子没搭理她。

聂凯以为她没看见,又拨语音电话,两下被对方挂了——好了,她知道了,那货故意的。

聂凯深吸一口气,这作者她是带不下去了,她立马跟衍生站组长打申请,让橙纸片子换责编——不能可着她一个人祸害。

聂凯调出橙纸片子的签约信息,一边拟报告,一边恶意地想:村姑,最高学历初中,当过"厂妹"……难怪一帮跟她水平相当的厂妹和小学生爱看。这些没读过什么书的人是不是都不知"分寸""界限"为何物?逮个热闹就要凑上去围观点评,还总想上前掺和一二,就显她能!

这种人现实世界里一定毫无存在感吧,憋得她整天到网上来找事。

而与此同时,刚挂断了她电话的橙纸片子正在群里大放厥词。

――――――――――――――――――――

【我老公纸片人】:别的不说,你们把那对狗男女抓起来了吗?@黑猫警长

【旺柴娘】：大家没正事不要@警长吧，他们那边应该挺忙的。

【我老公纸片人】：我不觉得，如果时间地点事件都是真实的，找到这些人应该是分分钟的事吧？这玫瑰薄荷两人要判几年？

【云朵棉花糖】：不好意思刚才是我手滑了，请大家别在群里群外讨论这件事，"唐果"还没找到，自杀风险很高，大家都很急。

【小龙女】：嗯嗯好的。

【我老公纸片人】：自杀个啥！别人在你家撒野，你不把他打出来，自己远远躲开把地盘让给烂人是几个意思？

【旺柴娘】：文中应该是部分内容的取材用了一些真名真事，具体怎么个情况我们不清楚，也别打听了，人家不会告诉与案情无关人士的。

【旺柴娘】：但我觉得这毕竟是篇小说，不可能全是真的——比如水鬼怪物什么的跟现实就没什么关系。如果各位非要讨论的话，不如我们以文档为主吧，只讨论这个，看看里面有什么疑点。毕竟大家凑一起分析这么久了，警长也在我们群里，虽然人家可能不参与讨论，但万一看到也能提供一点思路？

【云朵棉花糖】：谢谢谢谢。

【大官人】：取材现实的地方，应该就是那些写对了日期的日记吧？其实我有一点点好奇，如果唐果是真人，她长什么样，应该挺好看的吧？

【我老公纸片人】：@大官人 你有什么大病？

【大官人】：我又招你惹你了？

【我老公纸片人】：遇到坏人跟长相有什么关系？别人长得好看难看又跟你们有什么关系？

【大官人】：就事论事行吗？说的是文里的事，你冲我来干什么？我又不是看见漂亮小姑娘就有想法的犯罪分子，没那个作案工具好吗？"唐果"这个小姑娘十一岁以前明显没跟妈妈在一起，十一岁才被接走，然后妈就跟Z结婚了，我感觉

Z看上的说不好是"妈"还是女儿了。

【小龙女】：所以你提出的第一个疑点是，十一岁以前，唐果在哪里？

【大官人】：对，那个"怪物"不可能是女主亲妈，亲妈不可能这样。"姥姥姥爷"应该也不是真的"姥姥姥爷"。我知道有些猫舍繁育小猫的人会自称是它们的"姥姥姥爷"，所以这个文里的姥姥姥爷会不会是指"卖人"的？人贩子？

【旺柴娘】：有道理，所以问题一：唐果十一岁以前在哪里，她提到的姥姥姥爷都是谁？

【旺柴娘】：那我提第二个问题：作者既然用了许多真人真事，为什么不写成现实向[1]的？为什么要用水鬼的视角写这篇文，平铺直叙一点不好吗？

【我老公纸片人】：我有点没明白文里那个童谣。以前网络不发达的时候，小孩的顺口溜都能全国统一，不会说也耳熟。但她文里写的那个"水里的仙女""螃蟹"什么的我都没听过。

【行楷】：没听过+1。

【小龙女】：好像是，当地特产，别的地方都没有？还是作者编的？

【旺柴娘】：我家在T市，问了小孩，他们没听说过这个。

【旺柴娘】：问题三：童谣是什么意思，来自哪儿？

【小龙女】：还有之前大家没讨论出结果的，最后一章里日期跟星期几对不上的问题。

【旺柴娘】：问题四：最后一章里日期和星期错位是怎么回事？

【大官人】：主要现实里不可能有水鬼和怪物，也不可能有个人抓住你就逃不掉，真有唐果的话，她就算没证据报警，那为什么不逃走也不反抗呢？她都十八岁了，逃出去也能活吧？

【我老公纸片人】：所以你意思是唐果是自愿的？

【大官人】：我是说我没理解的地方，好吗？毕竟除了"吃

---

[1] 指直接写现实生活发生的事。

药"，文里也没明确写唐果被控制的手段是什么，她吃药好像也不是被灌下去的。再说如果这篇文是写实的话，现实里有什么吃了能长期控制人的违禁药？毒品吗？毒瘾发作的症状也不是痛经啊。

【旺柴娘】：你要实在是只想过当爹骂人的瘾，劳驾退群哈 @ 我老公纸片人

【旺柴娘】：问题五：唐果为什么不逃走也不反抗？是被什么控制住的？

【我老公纸片人】：@ 旺柴娘 你谁啊，你让我退我就退，有本事踢了我呗。

【旺柴娘】：现在大脑没点残疾，清水站是不是都不签啊？@ 行楷

【小龙女】：又吵起来了😂

【大官人】：@ 我老公纸片人 我就事论事，讲道理文中背景是大城市，不是什么偏远山区，村霸就能一手遮天的地方对吧？女主一直在上学，还能参加艺考，你不让说长相，可以。那她总归是正常的，四肢健全的对吧？不可能是残疾人对吧？3Y02 年了大姐，脑电波都快连上 Wi-Fi 了，你告诉我她没地方求助，没地方跑？

【我老公纸片人】：因为她不是你们这种"正常环境"里长大的小天真，理所当然地认为自己很不赖、是个人、不能挨打挨骂、不管说什么话别人都得尊重你。

【我老公纸片人】："玫瑰"给她一点好脸色，她就屁颠屁颠的，挨训了还惦记拿稿费给"玫瑰"买礼物，比舔狗还舔。通篇上下，我看就"玫瑰"是她真爱，"玫瑰"不承认她，她就满世界找妈。"Z 叔叔"是跟"玫瑰"结婚的人，相当于你妈的男人，你"抢"了你妈男人，还有脸跑？有脸反抗？

聂凯本来没看群，被旺柴娘的"提示"打扰，正

觉得不堪其扰,想点进去退群,恰巧看到了橙纸片子这一句。

没有人回她,于是群里只剩下"纸片"一个人的声音。

【我老公纸片人】:我认识一个人,小学毕业要去县里上初中,得交住宿费,她爷奶没钱,她八年没见过人影的亲爸不愿意给,打电话回来说则读了,丫头片子,读也读不出什么名堂,喊她去南方找工作。走投无路的时候,是县城的大姑让她到自己家里住,给她买新衣服、新书包,她觉得大姑比早死的亲妈还亲,尽管姑姑叫妈。

【我老公纸片人】:然后她就成了她"妈"、她爷奶嘴里那个忘恩负义的白眼狼,因为姑父对她动手动脚,借酒占她便宜。因为她反抗了,声张了。因为她告诉了她姑,把不光彩的事捅破了,没有默默承受默默去死!还因为她被坏人看上了,因为她喘气,她活着!

【我老公纸片人】:后来她把自己吃胖五十斤,就又成了"猪"。

群里足足沉默了一分钟。

【行楷】:我们群里讨论的一切都不要外传可以吗?@所有人

【旺柴娘】:不会的。

【大官人】:呃……好。

【小龙女】:✋

【云朵棉花糖】:不会的。

【我老公纸片人】:你们传出去也无所谓,反正当事人没皮没脸。

【黑猫警长】：抱抱小姐姐😢😢会好的。
【我老公纸片人】：老娘现在就挺好。
【大官人】：……
【旺柴娘】：警长皮下换人了？

缪小蛙捧着她姐的手机，万万没想到她用姐姐的账号说了一句话就被看出来了，眼泪都给吓回去了，不敢再吱声。

作为可能和"陈曦失踪"有关的人……也可能是姐姐不放心她一个人在家，缪小蛙被姐姐领到了平安湖滨西路派出所。这是姐姐以前工作的地方，缪小蛙小时候放学没人管，常常跑来写作业，叔叔阿姨们都还认识她。

几个叔叔正轮番审螃蟹说的"Z叔叔"，进进出出的脸色都很不好看，后来又有个阿姨赶过来，自称是"陈曦妈妈"，姐姐就把手机扔给她，让她帮忙盯着群里说什么，自己走到陈曦妈妈身边观察。

那是螃蟹的妈妈？缪小蛙目光投过去，有些出神地想：螃蟹有妈妈关心啊。

陈曦妈——蔡人美——很激动地说："我女儿高三了，在学校一直很好，艺考八九不离十，她为什么会想死？不可能！失踪肯定是被什么坏人胁迫了！你们快去查！"

接待她的民警阿姨问:"您等等,胁迫是怎么说的?"

蔡人美语无伦次道:"她有张压岁钱卡,我给办的,动账走我手机,她中午从ATM机上支了五千块钱,我收到信息以后问她取钱干什么,她不回,打电话关机,我当时就觉得不对劲,赶紧从厂子那边赶过来……"

"您有什么想法吗?"

"我不知道,是不是他们学校里的坏孩子欺负她了?我就说当时应该送她出国,上什么普高!还有我和她爸……这么多年了,外面可能都有点有过节的人……你们别光问我啊!查监控啊,定位她手机啊!"

"蔡女士,少安毋躁,我再问一句,你丈夫和女儿关系怎么样?我是说现任丈夫。"

"还不错,张淮脾气好……"

民警打量着她的神色,问:"只是'还不错'吗?"

这话有点语焉不详,正常人听完大概会愣一下,再问是什么意思。谁知蔡人美好像被戳中了哪个神秘穴道,听完勃然大怒:"你说什么?"

缪小蛙被那边突然提高的声音吓得哆嗦了一下,一只冰凉的手不大熟练地按住了她的后脑勺。

不远处,蔡人美的声音变了调子:"你叫什么名字?把你证件拿出来——她叫什么?怎么说话呢,我要找你们领导！我必须投诉她！"

好几个民警过去打圆场，让她冷静。

"怎么能说出这种空口污蔑的话？你也是女的，眼怎么比心还脏！你……"

"我刚才说的是，'只是还不错吗'，问的是当事人小姑娘和她继父关系怎么样，要不要排除因为和家人闹矛盾离家出走的可能性。蔡女士，你为什么这么激动？"

"好乱……"缪小蛙想。

"没事，不怕。"按着她头的姐姐说，"收到什么消息了吗？"

缪小蛙把惶惶的心神抽回来，汇报似的跟她说了群里提出的五个疑点。

姐姐"唔"了一声，也不知有没有注意听，依旧是若有所思地盯着不远处的混乱。

"啊，"缪小蛙低头看了一眼，忽然说，"第六个疑点。"

【行楷】：对了，我们刚刚不是要说文里的疑问吗？那我也提一个吧，不是关于内容的，可能没啥关系哈。

【行楷】：20X9 年 5 月 13 日那篇日记里，"考得超级好"，作者的"的""地""得"居然用对了一处😊。

第二十三章
第四重楼

现实时间：20Y3-3-23 16:00:00

缪小蛙念到一半，声音就低了下去，感觉这个"行楷"有点不着调，都这时候了，居然还在挑错别字。

她觉得把这话念出来的自己也很傻，好像又浪费姐姐时间了，于是讪讪地偷瞄了姐姐一眼，却一眼看见方才带听不带听的姐姐好像被人泼了碗凉水，整个人愣住了，然后一把从她手里抽走手机。

读者群里的讨论仍在继续。

【大官人】：哈？她不是通篇都"的""地""得"不分吗？我意思是说，日记里写错但"水鬼"部分没写错的字，是作者为了模仿小孩子笔迹故意的。但"的""地""得"水鬼部分也是错的，证明作者是真不会。大部分写对一处写错我可以理解，别的地方都错一处对是什么情况？
【小龙女】：几处啊？一两处的话可能是输入法？

第二十三章

【行楷】：20Y0 年 3 月 20 日也是"觉得",别的没仔细找,我粗一看就是这么零星一两处。

【我老公纸片人】：输入法都是调教的,生僻词它还能猜,常用字老打错,那人工智障记住了就不给你纠正了,除非换设备,用别的输入法。

【小龙女】：所以这两处换设备了?

【我老公纸片人】：有可能,但……

【旺柴娘】：?

【我老公纸片人】：有点奇怪,换输入法很别扭,尤其你要用拼音打汉字,错字可能就不止一两处了,我刚看了看,前后文好像只有这"的""地""得"的问题。

【旺柴娘】：我挦挦,这说明什么?

【我老公纸片人】：我也没明白,行楷什么意思?难道说这文有一部分是 CX 的?

【旺柴娘】：是什么的?你不要打缩写好不好,又不是饭圈掐架!

【行楷】：她说的是"抄袭"……

【旺柴娘】：我给您二位跪了!

【大官人】：哎,有没有可能,日记不是一个人写的?他们不是有一帮人在刷花吗?会不会是一帮人合写的?所以能解释最后一章日期有对有错的问题!行楷厉害了,上次那个"他"就是你挑出来的!你高考语文是不是一百五?

【行楷】：没有没有。

【行楷】：别说,你这猜测还真有点靠谱。

【云朵棉花糖】：不是,这篇文不是合写。但这个地方真的怪,等我问问黑猫。

"黑猫警长"——缪妙——不等"云朵"问,已经快步走到了蔡人美面前。

蔡人美就见迎面来了个一身便衣的女人,面有菜色、不修边幅,一头自来卷的奓毛短发,跟这辈子没梳通过似的,上来就不客气地说:"蔡女士,我跟您核对几件事。"

蔡人美蒙了一下,不知道为什么,她第一反应居然不是"你哪位",而是"这是个'便衣'"……这派出所怎么还有"便衣"?

不等她细想,缪妙已经连珠炮似的开了口:"陈曦是3月17日生日,正日子?改过生日吗?"

"没有,我们没事改生日干什么……"

"她小学是在育才上的?"

"对……上过育才,五年级还是六年级转的学,因为我跟她爸结婚搬家……"

"便衣女警"皱起眉,像是有点困惑。

蔡人美忍不住说:"这有什么关系吗?我家孩子都高三了。她带那么多钱,中午就失踪,到现在都快四点了!你们不赶紧去找,一会儿往孩子身上泼脏水,一会儿问小学的事……"

"您要是不满意我们都有录音,过后可以投诉。"缪妙打断她,"但我感觉我同事刚才没说什么过分的话,您回忆一下呢?"

她和方才问话的民警差不多的年纪,没穿制服,说话也还算客气,但莫名其妙,蔡人美在她面前本能地收敛了脾气。

缪妙语气微微一缓:"陈曦最后失踪的地方在古城,那边已经有人沿街挨个商铺问了,我们现在最大的问题是不知道她干什么去了,您提供的信息越细我们了解越多,就越有可能猜出她的目的地,比现在没头苍蝇一样地到处乱找有效果,您觉得呢?"

蔡人美冲上脸的火气灭了八成。

缪妙:"陈曦有没有吃过什么药?情绪方面的?"

蔡人美顿了顿,目光飞快地往旁边一躲,好一会儿才勉强点头:"有几年这孩子青春期,情绪不太稳定,再加上要艺考压力大,老得减肥控制体重。她有一阵不吃饭,总吐,跟我们也不说话,去医院看了,大夫说她进食障碍,给开过抗抑郁的药……这一阵好多了,学习也知道用功了……"

"她在学校被人欺负过吗?校园霸凌那种?"

"那应该没有。"

"不一定是打架、肢体冲突,也有可能是被别的孩子孤立、散布谣言之类的,有过吗?"

"没……我不知道,"蔡人美脸上掠过茫然,"她没跟我说过。"

这一脸精明的女老板说着,眼角眉梢忽然垂了下去:"这几年生意不好做,同行抢客源抢得厉害,我在家时间不多……我没办法,想多挣点钱,给她

多攒点东西,让她以后的路走顺一点。张淮人家也有自己的孩子,搭伙过日子就算了,钱都是分开的。我就一个人……我命不好……太难了……太难了……"

旁边的民警小声嘀咕:"养孩子也不是光给钱就完事了,你当是买理财产品啊?"

缪妙本来在飞快转动的思绪突然卡了一下。她忍不住回头看了一眼,缪小蛙正抻着脖子从远处观察她,撞上她的目光,又连忙低头,假装认真研究手机。

缪妙定了定神,转向蔡人美:"所以你不在家的时候,陈曦都是由你现任丈夫张淮照顾的?"

蔡人美擦着眼泪,这次反倒没有什么过激反应:"差不多,不过他一个后爸,也管不了什么。我们结婚时曦曦不小了,跟他也就是客客气气的面上过得去,在家一直叫叔都没改口……前两年曦曦主要是跟着她姐,两人住一个屋。"

缪妙听到最后一句一愣:"什么姐?她不是独生女吗?"

"张淮的,跟以前那个生的,一个姑娘,我们家老大。"

"那不是前妻带走了吗?"

"离婚时是判给前妻了,后来她妈被单位派驻国外，孩子说自己外语不太好，也不想跟着出国，就找她爸来了，一直跟我们一起过。那孩子又有主意又懂事，大人似的，自理能力还强，我就因为看上这孩子才同意跟张淮的。"

缪妙一时有些混乱。

这个突然冒出来的"姐姐"是谁？

唐果日记里的"大姐姐"还是"小姐姐"？

"小姐姐"跟唐果是同龄人，指望她照顾妹妹也太不靠谱了。

"大姐姐"……那不是"玫瑰妈"吗？

难道他们之前的推测都不对？

缪妙："陈曦姐姐今年多大年纪？上班了还是在上学？"

"上学，比曦曦大三岁多……不到四岁，她一直跟我们住到考上大学。"蔡人美没注意到她的表情，苦笑了一下，"老大后来考到了外地，那会儿曦曦都初三了，我想都这么大了，也该不用家长操心了吧？谁知道她姐一走，她那成绩就一落千丈，上网追星逃学离家出走，什么毛病都学来了，不好好吃饭也是从那时候开始……她本来能上区重点的，结果落到了平安二中……"

缪妙："她上高中不是保送？"

蔡人美一脸疑惑："保什么送……"

陈曦的经历和"唐果"脱节了！

缪妙心里飞快地对比着陈曦空间和《当鬼》文里的唐果日记："陈曦什么时候开始有情绪问题的？"

"不清楚，明显的不对是她过完生日以后，连张淮都看出来了，提醒过我好几次……"

"陈曦生日不是3月吗？3月都下半学期了，她姐姐去外地上大学走半年了，你确定她不对劲是因为姐姐走了？"

蔡人美嘴唇动了动，像是欲言又止，又像无言以对。

"她生日在哪儿办的？都谁来了？"

"水晶宫大酒店……可以承办孩子生日，有童话公主主题的，曦曦挺喜欢那儿，请同学朋友来玩也方便，有几年我们一直在那儿办……后来她可能是大了，不肯去了。"

"你还记得都谁来了吗？"

"几个孩子……同学吧，我认不全，不记得了，还有……"蔡人美说到这儿，话音陡然打住，表情再次变得不自然起来，避开了缪妙的视线。

"还有谁？"缪妙轻声问，"蔡女士，到这时候了，你隐瞒的事越多，我们工作就越难，你明白吗？"

蔡人美下意识地压低了声音，几不可闻："她爸爸……我前夫，陈文逸。"

"陈文逸是自己来的吗?"

蔡人美迟疑了。

"蔡女士,劳驾!"

"不是……带了人。"

"谁?"

"好像是他现任的女儿。"

"你前夫不是没再婚?"

"对……他们没结婚,女方好像是没什么正经工作,长得挺漂亮,说是跟了他好几年也没名分,具体怎么回事我也不清楚……就每月给点生活费,像包养的。她看着年轻,孩子就比曦曦小四个月,陈文逸有时候会带来,我挺硌硬的……"

那个女孩比我大四个月,妈妈让我喊她"姐姐",我有一个大姐姐了,就喊她小姐姐吧……

不对,不对……

还有一个地方对不上。

缪妙:"陈曦小学时候和那孩子一个班过?"

蔡人美:"啊?"

"我问你,陈曦六年级从枣花路转到育才,是不

是和陈文逸现任的女儿一个班过？"

"枣花路？什么枣花路？曦曦是从育才转到实验……"

"那20X7年陈曦为什么会在育才的学生名单上？"

"啊？哦……对，你这么一说我想起来了，陈文逸那时候来找过我，想借曦曦的育才名额——育才是私立嘛，那会儿管理挺不规范的，一次交够赞助费才给进，我们交过一大笔，孩子要转学，想着也是浪费……"

这时，不远处捧着缪妙手机的缪小蛙有点不安，不知道该不该过来找姐姐，因为读者群里又有人提出了疑点七。

【我老公纸片人】：我刚才又回去捋了一遍，把人称什么的都修正了，然后突然发现一个问题。之前黑猫判断"妹妹"是洋娃娃，依据是这个人物没有台词，也没有动作，对吧？我还发现了另外一个有点奇怪的人物。
【行楷】：？
【我老公纸片人】：林水仙，写到她的地方我都觉得怪，说不出来。
【大官人】：哪里？
【旺柴娘】：林水仙也没台词？
【我老公纸片人】：林水仙小团体一直欺负唐果，但是这个林水仙本人跟唐果好像不怎么互动。
【行楷】：这算疑点七吗？

这算疑点七吗？

缪妙："那个女孩叫什么名字？"
蔡人美："好像叫……林水仙。"
那一瞬间，见多识广的缪队突然起了一身鸡皮疙瘩。

第二十四章
水中央（一）

现实时间：20Y0-3-23 16:10:00

"有一件事，麻烦您帮我确认一下。"缪妙缓缓地说，"你第一次见到那个叫林水仙的女孩，给见面礼了吗？"

"给……给了，表面上的礼数得过得去……"

"还记得你给了什么吗？"

"记得，我跟那娘儿俩接触不多，没见过几面，"蔡人美点点头，"当时想着这么大的孩子都爱玩数码产品，就给了个客户送的手机。"

缪妙缓缓地抽了口气——

20X7年12月2日 星期六 晴

今天，一个阿姨来了，妈妈说，这个阿姨是爸爸前妻。

阿姨送给我了一个手机当礼物，还带来了他们以前的孩子。

第二十四章

那个女孩比我大四个月,妈妈让我喊她"姐姐",我有一个大姐姐了,就喊她小姐姐吧。小姐姐会讨厌我吧,因为我抢了她的爸爸和她的家。

陈曦不是"唐果",是"唐果"的"小姐姐"。

20X7年,陈曦从育才小学转到了实验中学,另一个女孩用了她的名字走进了那所学校,旁观了张婷跳楼。那个隐形的女孩没有出现在学生名单上,因为一纸"弱智证明",她甚至没在学生档案里留下痕迹。

她像只捡了张人皮的鬼,好像在那里,又好像没在。

这个女孩有一个年轻貌美但粗鲁冷漠的妈妈,妈妈"嫁"给了一个很喜欢亲自"照顾"她的男人。男人有一个亲生的女儿,比她大四个月,男人让她叫那个人"小姐姐"。

她默默承受着,默默记录着,可是生活太痛苦了,她没法诚实地接受一切。她会在日记中把对她动手动脚的男人称为"妈妈",好像这样就好接受一些;会把自己的真名安在楼上那个她羡慕的神气女孩身上,想象自己能变成她……

她还偷偷摘录了"小姐姐"网络空间里的状态,融合进自己的日记——《当鬼》原文中,"唐果日记"

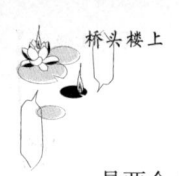

是两个人的日记混在了一起。

能熟练运用"的""地""得"的是陈曦，代表学校去参加区运动会的是陈曦，会在3月17日快乐地祝自己生日快乐的是陈曦，能收到来自妈妈姐姐正常礼物的人是陈曦。

人生低谷时遇到钱莉，被好朋友拉着、鼓励着走出来的也是陈曦。

文中不多的美好事物：生日、结婚典礼、阳光灿烂的运动会、钱莉……都是陈曦的。

如果把日记里陈曦的部分剔除掉，剩下的就是那个隐形女孩的七年了。

她被驱逐、被排斥，偶尔被人看到，又被惊恐地抛弃，像一个被人间反复践踏的空心塑料娃娃，沤在暗无天日之处。赛博世界的陈曦就如同漂亮的宝石，被一双小脏手偷走，小心翼翼地镶进娃娃身上。仿佛这样一来，当人们将目光投向那伸手不见五指的角落时，就只能看见一对熠熠生辉的宝石眼了。

不知道为什么，提起"林水仙"，方才还在对民警吃五喝六的蔡人美眼神再一次躲闪起来。

"蔡女士，"缪妙问，"你为什么会和前夫离婚？"

"我们……性格不合。"

"只有性格不合吗？"

蔡人美陷入了死一样的沉默。

第二十四章

"去'请'这个陈文逸配合调查,搜索林水仙行踪。"缪妙对民警说完,一把拉住蔡人美,"麻烦您跟我过来一下,有几句话想跟您私下说。"

缪小蛙捧着手机去找姐姐,没等说上话,姐姐就把那个很凶的阿姨带进了一间会客室。

方才两个人的对话缪小蛙听了个七七八八,这会儿小姑娘已经完全糊涂了。

缪小蛙记得螃蟹说过,她想把自己的故事写出来,实现当作家的梦想,只是她怕写不好,网上写故事的人太多了,绝大多数故事都是无人问津的。"米糊"就让她把主角名替换成"唐果",只要是黑"仇人"的,她老板蝴蝶妹妹看了八成愿意发,只要用蝴蝶妹妹的名义发了就一定有争论、有热闹。

不过热闹也短命,人们看完了热闹,就一哄而散了,"故事"会像水蒸气一样消失掉,只有螃蟹——"唐果"——最后死掉,才能把这个故事完整地留下。所以计划是故事完结的时候,"唐果"离开,她们一起把死亡的螃蟹拆给大家看。

"唐果"是谁、在哪儿,只有"米糊"一个人知道,因为只有"米糊"是在"喇叭男"事件之前就跟螃蟹在一个群里的。她们以前一起送走过很多人,缪小蛙他们都是后来加入的,螃蟹总说他们没

有"历练"过，怕他们胆子小临阵泄密。

螃蟹说得对，缪小蛙一直在动摇，她还知道"冰皮年糕"他们几个也是。

他们很多都没超过二十岁，嘴里说得再凶再狠，面对生死也会害怕。

所以冰皮年糕提出在"线下扩散"的时候，缪小蛙第一时间附和……虽然这个念头不太现实，有那么一秒钟的时间，缪小蛙在幻想连看她一眼都没时间的姐姐会关心她、会仔细看她发的荒诞小说。如果是姐姐，肯定能看出不对吧，要是能提前找到螃蟹就好了。

像做梦一样，她的幻想居然成真了，姐姐真的像超人一样找到了"唐果"，缪小蛙这会儿已经完全倒戈，一门心思地希望螃蟹能得救。

结果她方才听她们那个意思，失踪的"唐果"居然不是螃蟹？

螃蟹的真名是"林水仙"？为什么和文里的反派一样？

螃蟹到底要干什么？

群里人还在说话。

【大官人】：其实也不能说完全没有互动，一开头也有林水仙"不高兴""愣了"之类的描写。

【小龙女】：我没明白，没有台词很怪吗？"张婷""吴鹏""小姐姐""前妻阿姨"什么的，好像也都没有台词。

【我老公纸片人】：我说不太出来，是互动的问题。

【行楷】：我看了下，这个人物写得确实有问题。

【行楷】：@小龙女"张婷"出场就死了，"小姐姐"也就是特殊场合出来一下，"吴鹏"虽然没有正面写台词，但写了他喊"唐果"弱智之类的事。这些人出场以后，做事都是有目的、有前因后果的，他们的行为都很"实"。

【我老公纸片人】：什么叫"实"？

【行楷】：简单说就是行为是客观的。比如"A给了B一个东西""A骂了B'XX'"，这些动作就是事实描写，但林水仙"不高兴""愣了"这种不一定是事实，是一些写作者本身解读的神态和行为。

【行楷】：另外就是，写其他人的时候，"唐果"在镜头里跟那些人互动，但写"林水仙"的地方，唐果成了对准林水仙的"镜头"。你们没发现吗，"林水仙"作为一个在主角身边生活了三年的人，基本没做过什么会影响到"唐果"的事，都是唐果跟着她、学她、给她买东西、对她做什么事。林水仙的人设写得很模糊，但是又经常在唐果的视角里出现。

【我老公纸片人】：对！你这么一说，是这种感觉！

【大官人】：我的天哪，这就是编辑和作者的对话吗？

【云朵棉花糖】：其实关于"林水仙"，还有个地方我不知道该不该说。

【小龙女】：？

【云朵棉花糖】：这个人物出来以后，我有点不喜欢唐果了。

【云朵棉花糖】：啊啊啊不要误会，我的意思当然不是说"唐果"有什么不好，这孩子真的好惨，她遭受的一切都不是她

的错,我不是在挑受害者的毛病,这可能就是我个人的移情反应,也有可能是我本人的议题。

【行楷】:……

【行楷】:纸片不咬你,别解释了,有什么解读你直接说。

【云朵棉花糖】:前面"付瑶""吴鹏"说唐果是弱智,欺负她的时候,我看了会觉得生气,这时候我是完全站在唐果这边的。但是到林水仙这里就怪怪的。代入林水仙视角,小姑娘看到别人穿戴打扮都跟自己学,不高兴很正常吧?她其实一直都没说什么,"好像越来越不高兴"也只是唐果的看法,后面唐果一些描写她的地方也都是带着敌意的。

【大官人】:敌意这个其实我也感觉到了。

【我老公纸片人】:确实有一点。

【旺柴娘】:两个地方特别明显,一个是"唐果"的卫生巾被同学看到,嘴欠的其实是另一个人,但唐果写的是"林水仙她们"。还有一个就是唐果把娃娃"抛尸平安湖"以后,她自称"凶手",跟在林水仙后面,那个地方说实话我回想起来心里毛毛的,我觉得那里都不是敌意了,是恶意。

线上线下,缪小蛙整个人被各种信息淹没,脑子快转不过来了:故事里的"唐果"穿着打扮都在学林水仙,带着恶意窥视着"林水仙"。故事外的"唐果"把自己"好土"的真名冠在那个被她窥视的人身上。

这时,一个民警叔叔匆忙从她身边经过,把正在问蔡人美话的缪妙叫出来。

"缪队,查到了!

"林水仙也是20W5年生人,老家在Y省,非婚生，生父不详，以前是个黑户。这孩子十一岁才登记的户口信息，母亲叫林红霞，当年三十四岁，初中学历，之前任'文韵艺术工作室'老板陈文逸的……私人助理。

"20X5年，林红霞'入职'陈文逸工作室，20X6年初通过亲子鉴定，跟林水仙登记了母女关系。20X6年林红霞把林水仙接到本市，在枣花路小学读过一学期书，后来转到了平安区育才小学上六年级。20X7年林水仙升入平安区春明中学，后来直升本校高中部，今年本来应该高三了，但她20Y1年因病休学，当时说是抑郁症……休到现在快两年了，学校那边催了好几次，这学期结束之前她要是不回去，学籍就不予保留了。

"从20X6年到20X9年初，林水仙跟她妈林红霞住在平安区'环湖苑小区'，是陈文逸的房产。不过可能是陈文逸缺钱，那房子20X9年卖了，母女俩搬到了古城西里小区——陈文逸用工作室的名义租的员工宿舍。20Y1年工作室搬到北仓新区，母女俩就一起搬去了产业园那边住，林水仙休学也是那段时间……稍等，产业园派出所的同事来信了。缪队，林水仙下落不明！"

缪妙问："同住人林红霞呢？联系她！"

"呃……林红霞恐怕联系不上了。"

缪妙:"为什么？她去哪儿了？"

"人没了。"

缪妙一愣。

"啊对……癌症，好像是宫颈癌，据说发现得晚，情况一直不好，去年开始恶化扩散，上个月送医抢救……然后就没过来。"

缪妙一阵胸闷:"什么时候死的？"

"就是3月17号那天。"

"濒危水鬼保护组织"的群里，无知无觉的读者们说——

【旺柴娘】：就像云朵说的，"林水仙"做错什么了？
【行楷】：这么一说，我突然觉得"唐果"和"林水仙"的关系有点"水鬼找替身"的意思欸。

第二十五章

水中央（二）

现实时间：20Y3-3-23 16:20:00

【行楷】：不知道是不是我解读过度了，"林水仙"这个名字我老觉得有深意。前面那个阴间歌谣里有"水里的仙女"。再加上这篇文是水鬼视角……

【行楷】：还有在歌谣之前，水鬼写了汇款单，前后文不应该是毫无关系的。

【旺柴娘】：水鬼写了汇款单是"抚养费"，也就是说，十一岁之前唐果妈把她寄养在一个地方，按月打钱，抚养人很可能就是"姥姥姥爷"，歌谣是那时候唐果的回忆。

【我老公纸片人】：后面还有一处，水鬼写了有人把她的头往水里按，还骂她"丧门星讨债鬼"，感觉干这事的不像玫瑰和薄荷，是不是就是姥姥姥爷？

【旺柴娘】：很有可能，第一章"唐果"在遇到"Z叔叔"前就开始怕水鬼了，说明"水鬼"很可能是她的童年阴影。

【大官人】：等等我晕了，你们刚才不是在说"林水仙"这个名字可能和水鬼有关系吗？有啥关系？她不就是搬到唐果楼上的初中同学吗？还有林水仙到底做错什么了，成了这文里的反派？

"林水仙"做错什么了?

林水仙,她来到这个世界就是错的,要不然怎么会叫"水仙"这个名字呢?

刚过 16:00,一辆卡车停在了路边。

司机探头往车窗外看了一眼,对旁边的女孩说:"把你放这儿能行?还有那么多东西呢,你自己怎么拿?"

副驾驶上的少女没回答,只是放下手机说:"您帮我把行李搬下车吧。"

这是一单跨省搬家业务,客户自己把行李都打包好了,东西也不算多,就是客户本人有点奇怪。

她穿了一身蓝白相间的校服,裤腿太长,还用橡皮筋挽了起来。人是中等个头,不算矮,但就是给人一种"她年纪很小"的感觉,连声音都尖尖细细的,说是个小学生也有人信。司机一再确认她是不是成年了。

可是这么个穿着长相都很孩子气的女孩,身上却有股幽幽的香味。司机闻不出门道,就觉得这不是"孩子气"的味,甜得发苦,像已经凋谢了一半的残花。

"你还在读书吧?今天不用上学?"司机再次试图闲聊,少女依旧像没听见一样,没有回应,他于是闭嘴,去搬一个半人多高的大拉杆箱,"好家伙,什么东西这么沉啊?"

拉杆箱里塞了好多东西,鼓鼓囊囊的,看不清形状,可能是贵重的易碎品,足有百十来斤。女孩走到另一边帮他抬,司机没敢怠慢,憋了口气:"一二三……慢点——"

箱子一落地,女孩就拖着它滚到自己身边,防着谁似的。司机心里有点不痛快,嘀咕了一句,再搬其他的东西就不那么精心了。

女孩也不在意,只是紧握着箱子拉杆站在旁边,目光游离,同时用她那又尖又细的声音小声哼着:"圆圆……飘柳叶,水里的仙女不穿鞋……抓住了一只大螃蟹……"

司机听了一耳朵,觉得这儿歌阴森森的,忍不住想打断她:"这是哪儿的歌啊,水里的仙女怎么还会抓螃蟹?"

"水里没有仙女。"

司机没料到她会搭腔,愣了一下:"啊?"

"水里只有水鬼。乡下早年间穷的时候,养不起的孩子就会被丢进水里淹死。有个坑可能是淹死的人太多,沾上了晦气,每年都会淹死小孩,老人就说里面有'水鬼'。"女孩说话的时候不抬头看人,盯着自己的脚尖,"说'鬼'犯忌讳,他们就把水鬼

叫'仙女'，淹死的小孩就叫'成了水仙'。我妈有过两个妹妹，都成了'水仙'，幸亏她是老大。"

司机一时接不上话，顿了顿，才干笑了一声："一地一个风俗哈，呵呵……你妈没跟你一起啊？这么老远让你自己搬家，家长也放心……"

"我妈在，这儿呢。"女孩拍了拍书包——那是个双肩包，扁扁的，里面有个长方形的东西撑开了书包四角……像是个相框。

司机闭了嘴，麻利地把剩下的行李箱都搬下来了，让她签完字，一溜烟开车跑了。

开出一段路之后，他无意中朝后视镜看了一眼，发现那瘆人的古怪姑娘和大拉杆箱不见了，其他行李箱被主人留在了路边，撂着，像一小堆祭品。

【旺柴娘】：我从头理一理："唐果"十一岁的时候被玫瑰妈接到身边，在"枣花路"小学上学，这个时候我感觉她挺快乐的，非常依赖玫瑰妈，但已经开始怕水了，很可能是十一岁以前受到过虐待，被人把头按进水里之类的。小女孩念叨的"我听话"其实不是对付水鬼的"咒语"，可能是习惯性地向人求饶。
【我老公纸片人】：……
【小龙女】：……
【行楷】：所以她刚到玫瑰妈身边的时候，就像得救一样，玫瑰妈不会淹死她。

第二十五章

"我想妈妈终于来接我了,终于把我带走了,我再也不用跪着挨姥爷抽,听他骂我'水鬼托生的讨债货'了。"瘦弱的女孩拖着沉重的行李箱走过暴土狼烟的小路,周围没有人,她一边走,一边自言自语,"妈妈要按月给他们寄钱,寄少了姥爷就打我。有一次妈妈说被罚款了,没寄钱,姥爷就把我的头往水里按,我就喊'我听话',喊了五十遍,他骂累了,才把我放了……不过后来我才知道,不是求饶有用,是他怕把我淹死,我妈不给他打钱了。"

【大官人】:结果是从一个火坑跳进另一个火坑……
【云朵棉花糖】:20X7年日记里,从1月22日开始有一段空缺,后面好多"妈妈别走""别扔掉我""我听话",会不会是她被送回姥爷那儿了?正好是寒假。
【我老公纸片人】:空缺后面2月11日说"妈妈赶来救了我",应该是被"玫瑰"接回去了?"差点被水鬼杀死"是说姥爷又虐待她了?

"那年我用了你的名额上了育才,可我太笨了,书一直读不好,人小不懂事,以为是学校的错,还满世界说育才坏话……真该死啊。"拖着行李箱的女孩穿小路,走到了一个湖边,她停下来喘了口气,低头看着自己的拉杆箱,"他听到了,就以为我是刚到T市不习惯,所以过年的时候还是把我送回了姥

爷家,没告诉妈妈。姥爷看到他,就给妈妈打电话,问她是不是傍了个大款,妈妈不承认,说没结婚,姥爷就想……啊,一定是这个拖油瓶,拖累得男人不要她。"

她脱下鞋袜,在冰冷的水里搅了搅:"让水鬼把她带走就好了。"

【旺柴娘】:所以后来"唐果"回来,就完全驯服了吧?生怕忤逆一点就被送走。她跟最喜欢的姚玲绝交,再也不提枣花路小学,让干什么干什么。晚上被骚扰也说是"水鬼"干的。

【我老公纸片人】:气死我了,我就一个问题,这事玫瑰知道吗?

【旺柴娘】:我倾向于不知道,或者刚发现一点苗头,从20X7年7月的几篇日记上看,应该是薄荷开始偷女孩内衣,被玫瑰发现后才感觉到什么的,两人大吵了一架……玫瑰那时候是会为女儿吵架的。

【行楷】:难怪"唐果"中间有一次喊了"张婷"就把"水鬼"吓走了,不是"水鬼"怕张婷,是这时候薄荷还没有太明目张胆,怕她出声惊动玫瑰。

【大官人】:那之后呢?玫瑰不就知道了吗?她一点也没警觉?没说带着孩子有多远跑多远?

【小龙女】:是啊。

【我老公纸片人】:呵呵,那你们就想多了。

【云朵棉花糖】:呃……其实……这种事,很多受害孩子的女性亲属或多或少都能感觉到,只是有些觉得羞耻,有些怕对孩子不好,有些因为经济原因不肯承认。家长所谓的"不知情"都是有水分的。

第二十五章

【行楷】：其实之后有一段，玫瑰看房子，想带"唐果"搬家的，但是没多久她自己就住院了。

【云朵棉花糖】：如果说前面这个地方还不清不楚的话，后面秦老师那里，玫瑰应该就什么都知道了。心理老师知道了这种事，是有义务告知监护人的，但我代入了一下自己……除了这个我好像也做不到别的。我们没有能力调查，也没能力验证真假，家长硬说没有，学校能做的很有限……

【我老公纸片人】：呵呵。

【云朵棉花糖】：我在推卸责任，对不起。秦老师事后想起来，一定一直都很后悔。

往水里走的脚停顿了一下。

"秦老师，"她想，"会后悔吗？"

平安区湖滨西路街道派出所——

缪小蛙一边看着群里的讨论，一边听见不远处的民警叔叔跟她姐说："这个林红霞有案底，20X0年那会儿扫黄打非就扫到过她。后来不知怎的认识了陈文逸，摇身一变，成了'私人助理'，据说她一个星期也不上一次班，一个月拿上万元的工资，比他们那儿普通员工两倍都多。后来因为确诊癌症，陈文逸'照顾'她，还给她涨过一次工资……20X9年的时候能开到一万五千元。"

缪妙冷冷地问："多出来的五千块钱是照顾谁的？陈文逸联系到了吗？"

"联系是联系到了,一开始说陈曦失踪的时候我们就给他打过电话,刚刚又打了一通……那小子说他过完年一直在外地扩展业务,一推六二五,连林红霞已经死了都推说不知道。"

"那么大一个'员工'人没了,他不知道?"

"陈文逸说林红霞已经离职了。"

"什么?"

"今年年初,陈文逸说,林红霞得病,还带着个孩子不容易,他去年还去看过她们几次。今年他想把工作室搬到别的城市,林红霞实在不能工作了,才跟她解除劳动合同。娘儿俩现在住的房子都是陈文逸的员工宿舍,说是为了照顾她们,都没催她们搬走,给她们宽限了三个月呢……正好这个月到期。"

缪妙心说:见了鬼了!

"还有,缪队……这样算的话,陈文逸和林红霞的女儿林水仙算不上有抚养关系。"

缪妙大步转身走到蔡人美面前:"蔡女士,现在是你女儿因为这件事失踪,你确定你还要替陈文逸打掩护?"

蔡人美:"我没有替他……我……我那时候忙事业,他……他那个人不太上进,我俩一天到晚没什么话好说,他还跟外面的小姑娘拉拉扯扯……"

缪妙打断她:"多小的姑娘?"

蔡人美的声音陡然停住,好像舌头断了。

缪妙:"陈文逸是开艺术培训工作室的,成年班肯定不是主流,去他那儿学琴的大部分是孩子,中学生……还有更小的,对吗?"

蔡人美脸色惨白。

缪妙把声音压得近乎耳语:"那不叫'和外面的小姑娘拉拉扯扯',那叫猥、琐、男、人、性、骚、扰、未、成、年。"

蔡人美的表情近乎屈辱:"别说了!"

"你什么时候发现的?"

"曦曦九岁……快十岁的时候,我出差回家忘了带钥匙,去他工作室找他拿,看见……看见他抱着个小女孩动手动脚……不好意思我……我有点恶心。"

"恶心也麻烦忍一忍——这事陈曦知道吗?"

"她小时候跟她爸爸关系一直很好,一开始应该不知道……"

"也就是说后来知道了?"

蔡人美没吭声,像是默认了。

"你们怎么接触到林红霞和她女儿的?"

"通过陈文逸。"蔡人美的肩膀坍塌下来,"我一直没告诉曦曦,我和她爸为什么离婚,这种事……

这种事怎么能让孩子知道？好多年孩子跟我关系很紧张，她一直以为我是过错方，还怀疑我婚内出轨。我可以不让陈文逸见孩子，但我也知道，肯定拦不住，管得狠了，她说不定私下里会去见陈文逸，更不安全。"

"所以你会让陈文逸定期探视。"

"对，逢年过节也会……用陈文逸的话说，'聚一聚'。有一年年底，我们去给陈文逸过生日，我们去了他婚前的一处房产……到了那儿发现林……那母女俩当时住在那儿。林红霞名义上是他的助理，其实是被他养着的。她真的好看，人又年轻……"

"她年轻，但没有那么年轻。"缪妙再次打断她，"你一眼就看出陈文逸图的是什么。"

"太丢人了，太恶心了，我说不出口……我真的……万一传出去，以后曦曦怎么做人？别人会怎么想她……"

"所以你假装不知道。"

"那小女孩比曦曦还小……"蔡人美的声音蚊子似的挤压成了一线，"我真的……陈文逸他不是个东西，我也……"

第二十六章
水中央（三）

现实时间：20Y3-3-23 16:25:00

有人拿着两个女孩的照片，在陈曦失踪的地方四处打听；有人在研究林水仙生平，试图从中拼凑出一点线索指明她的去向；有人在米糊糊洗胃的医院里追着医生问她什么时候能清醒；还有人在网上，通过故事里重重的迷雾，试着还原一个十八岁少女的生平。

而缪妙面前，有一个泣不成声的蔡人美。

缪妙知道这是分秒必争的时候，可她看着蔡人美，却短暂地走了神，心里冒出个念头：这是个多成功的妇女啊。

蔡人美没有年轻到招惹轻浮的桃色揣测，也没老成都市传说一般的"广场舞大妈"；她既不会过度打扮，也不像缪队一样不修边幅。

她事业有成，完全是自己打拼，不靠父母和婚姻；虽然离过一次婚，但马上又找了个条件更好的，

依旧是人生赢家。她贡献了税收,贡献了就业岗位,完成了生育任务,堪为全社会的"正面典型"。

假如把她的履历拿到网上,会有人称她一声"大女主"。世界上一切荒诞的刻板印象、一切被污名化的标签,都应该跟她毫无瓜葛。

可是她这样羞耻。

艰难地掩盖着"家丑",她像扯着难以蔽体的短小衣襟,怎么也遮不住身上的恶疮。她仿佛比那些杀人放火的死刑犯还抬不起头来。

缪妙看着她,心里难说悲喜鄙敬,只是空荡荡的,像刚听说自己肺里长了个死人的瘤子一样空。

"陈曦和林水仙关系怎么样?"缪妙听见自己用专业的态度和专业的声音问。

"不知道,我不喜欢她和那孩子来往。"蔡人美小声说,"我有时候会当着她的面'念山音[1]',说'陈文逸包养了个情人''一看就不是正经人''带个孩子家教那么差,陈文逸还为了她觍着脸来要我们孩子的入学名额'……这类的话曦曦听多了,自然就开始讨厌那母女俩。最开始那几年,陈文逸老带着那女孩来,曦曦还会生气……结果有一年突然就好了,回来跟我说'只要她也喜欢一个什么演电视的明星,以后她俩就是姐妹',还说那个女孩……林水

---

[1] 指有话不直说,拐着弯地暗示自己的想法。

仙是 7 月生日，要是放暑假了，她也想去给林水仙过生日。"

可是那年，林水仙没过生日。

女孩把巨大的行李箱竖在身边，注视着余晖下的波澜："那年你说要来，但是我不能像你那样在酒店过生日，请大家来玩……那要花好多钱。我想我大概可以请你吃个蛋糕？你要是没时间来，我给你闪送一块也行……可惜后来那个蛋糕不能吃了，都赖他。

"那天我妈不在，回老家了。他告诉我'你姥爷一早没了，她去奔丧了'。我当时好惊喜啊……你能想象吗？比遇到秦老师还高兴，我觉得悬在脖子上的铡刀没了，天都晴了。我再也不用在过年的时候拼命擦地干活，生怕一不小心被送回去了。我的噩梦醒了，我想，这肯定是老天爷给我的生日礼物。"

她说着，扭过头，对行李箱很甜蜜地笑了："不过没能请你吃蛋糕，我总觉得欠了你点什么，所以第二年你过生日的时候，我是想把之前没舍得给你的那个'吧唧'送你的，没想到你们居然点了酒。他不能喝酒的，一喝酒就不正常，黏人黏得厉害，一直拖着我，'吧唧'被他拽掉刮花了，我看你在卫生间外面捡到它的时候也好心疼，是吧？"

她膝头的书包上挂了个很旧的徽章，图案刮花了一点，被人很均匀地在上面涂了一层透明的指甲油。

她捏起徽章，仔细看了看："你保护得好仔细啊，我还以为你不喜欢呢。"

行李箱静静的，不回答她。

夕阳也静静的，注视着荒凉的水坑，水里有女孩的倒影。料峭的春风扫过，水中的人影微微晃动，风也比别处更阴冷一些。

看了一眼表，她轻轻地抱怨道："好慢啊。"

缪小蛙坐立不安地竖着耳朵，努力搜集着周围的声音。

"林红霞父亲 20X9 年夏天死了，之后她母亲被送到了乡下的养老院，没半年也跟着走了。"

"所以林水仙没有别的亲属了？"

"林红霞当年出门打工，大着肚子回来，现在也没人知道林水仙生父是谁。近亲好像还有个舅舅，是个赌棍，林红霞接走林水仙后不给钱了，他没几个月就因为抢劫'进去'了。老家的远亲都太远……再说林红霞父母觉得女儿未婚先孕丢人现眼，十多年不让她回老家了。"

"朋友呢？其他紧急联系人呢？"

缪小蛙感觉民警们的目光向她射来，连忙低头

第二十六章

假装沉迷手机，听见他们压低了声音——

"哪有什么靠谱朋友，都是这种网友……小孩，还隔着屏幕……林水仙20Y1年9月休学以后没跟同学老师联系过，年底母女俩就搬到了北仓。产业园那边打辆车过去一百多元，手机信号都是外省的，鬼城似的，一层楼连个邻居都没有……她没怎么出过门，偶尔去六院拿抗抑郁药和安眠药，没住院，家长不让住。"

"嘶……这孩子是天煞孤星吗？"

"产业园那边的兄弟撬门进去了，说家里打扫得可干净了，东西整整齐齐的，大部分日用品都在，除了人，一时半会儿看不出少了什么。"

"陈文逸那孙子怎么说？"

"还能怎么说，一问三不知，再问就是'你们什么意思，怎么还凭空污蔑'，说自己跟林红霞完全是正常雇佣关系，出于关照员工去探望过几次，一只手能数过来，不信查监控，然后就不耐烦地挂电话。"

"查了吗？"

"查了……是真的。20Y1年底她们刚搬过去的时候陈文逸去过几次，20Y2年全年，连车库监控再到大门口出入口，陈文逸可能也就去了几次……至于20Y1年前，她们那会儿住古城，那边本来就乱，而且时间也太久远了……"

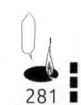

缪小蛙听着，心里几乎生起几分恍惚，她想：这是什么样的日子啊？

小时候没有户口、没有姓名，作为耻辱，她被孤零零地寄养在老家，大家都希望她不存在。她的生命好像悬在每个月寄来的汇款单上，遥远的妈妈付够了抚养费，她才能继续呼吸，不"被水鬼抓去"。

妈妈是她赖以生存的空气和土壤，又是她遥远而美丽的梦。

十一岁的时候，这个梦落到了现实。

有了"正经工作"的妈妈把她接到了大城市，对她来说，这里所谓的"民工小学"也是乐园，生活幸福得不像真的。她谨小慎微，唯恐自己出一点差错，唯恐妈妈不喜欢她了，会把她遣送回又湿又冷的水坑边……毕竟她感觉得出，妈妈不怎么爱她。

"可能也爱，但只有一点点吧。"缪小蛙想，"就像姐姐。"

缪小蛙感觉得出，姐姐有时候是排斥她靠近的……姐姐自己都不知道。姐姐只会在态度不好之后，更大方地给零花钱，把她偶然提到的昂贵礼物都买一遍……所以缪小蛙很小就知道，姐姐每次给她花钱，就是又讨厌了她一次。

唐果的妈妈一定更讨厌她，这个女儿是吞噬了她青春的瘤子。

第二十六章

缪小蛙猜，唐果一定长得很瘦很小，因为不光是"薄荷妈"，"玫瑰妈"也不愿意她长大……谁会想看到瘤子长大呢？

十四岁的时候，唐果的"租赁使用费用"是一个月五千元，她从窗明几净的平安湖畔搬到了古城，在那里服役。付款的和收租的各有默契，都当这笔交易只是"正常"补贴，没有唐果什么事。

可是她的身体还是不争气地长大了。20Y1年，唐果十六岁，可能是太"老"了，也可能是太枯萎了，一切好像有要结束的征兆，她们从城区搬到了荒无人烟的开发区，住进了更便宜的房子里，相依为命的玫瑰妈妈病得越来越重。

而薄荷妈妈来得越来越少……

缪小蛙一低头，正好看见群里有人说话。

【云朵棉花糖】：还有一个水鬼部分的描写我也很在意，就是翻"唐果"家的时候，她描述家里有好多东西，但是男人的东西很少，而且都收在很里面的地方。这里很奇怪，我看前面描写，她们应该是跟Z一起生活的吧？

【黑猫警长】：唐果20Y1年休学，年底她们就搬到了一个很偏的地方，Z不要她了。

【黑猫警长】：以及……我好像知道她最后一年为什么会写错日期了。

第二十七章

水中央（四）

现实时间：20Y3-3-23 16:30:00

【云朵棉花糖】：啊？什么情况？
【小龙女】：为什么呀？
【我老公纸片人】：？
【行楷】：呃……这是我们可以知道的吗？皮下[1]是刚开始工作吗，要不要问问你领导能不能说？
【旺柴娘】：等会儿，唐果本人20Y1年休学了？？？她日记里天天考试啊，还艺考，还三句不离同桌……我有点乱，警长你们找对人了吗？
【大官人】：🦉

缪小蛙立刻意识到自己闯祸了。

她方才单纯是不吐不快，顺手回了，看到读者群里的反应才意识到，大家还不知道失踪的是两个女孩，"唐果日记"中有一部分复制了陈曦的空间。

群里就这么几个人，都看见了，再要撤回已经来不及了。

---

1 网络用语，用于称呼操作网络账号的人或团队。

第二十七章

因为营养不良，缪小蛙常年低血糖，经常出脑雾，一慌就"死机"。此时捧着她姐的手机，僵在了那里，不知道怎么找补了。

要命的是，群友的脑子里没雾。

最先反应过来的就是"云朵棉花糖"——不是赵筱云特别聪明，是她身边还有个杨雅丽，这二位的智商加在一起总能凑个二百五。

她立刻联系起行楷说的"的""地""得"用对的问题，又很快拉出了最后一章日期和星期错位的日记，得出"日记可能真是出自两个人之手"的结论。

缪小蛙：完蛋了。

【云朵棉花糖】：错日期我们之前整理过，我复制在后面，括号里是那个日期对应的正确星期。

【云朵棉花糖】：7月10日星期六（应该是星期日），9月12日星期三（星期一），10月20日星期二（星期四），11月11日星期六（星期五），12月31日星期四（星期六）。

【云朵棉花糖】：其他提到上学和考试的日记日期都是对的，所有错位的地方都更像是刚才黑猫说的"休学后搬远"的唐果。

【旺柴娘】：所以警方那边应该是已经知道了？那现在失踪的是哪一个唐果？

【我老公纸片人】：20Y1年就没上学了，岂不是说后面所有跟学校有关系的内容都是抄的？为什么要抄这个？

【云朵棉花糖】：刚刚我学生冰皮年糕说，Ta一直觉得《当鬼》的作者现在还没找到很奇怪。如果唐果只是想把故事宣

扬出来，自己自杀，那其实找个高点的楼跳下去就行。决定好自杀想死是分分钟的事，哪怕跳得再偏僻，也不该到现在都没人发现尸体。

【云朵棉花糖】：米糊糊是奔着把时间拖到明后天去的，自杀不需要那么长时间，但是杀人可能需要！

【大官人】：你不要吓我！！！

【云朵棉花糖】：这是不是也能解释《当鬼》那篇文的奇怪视角，正文里水鬼与日记里的唐果合二为一，来自两个人的日记也在最后融合在一起。

【旺柴娘】：水鬼变成了唐果，那日记里的两个人是谁变成了谁？两个人合写？这篇文是谁主导的？

【云朵棉花糖】：冰皮年糕说不是合写，背后作者应该是一个人。很可能是作者通过某种方式看到了别人的日记，把别人的日记内容嫁接过来了。

【大官人】：最后那年的日记里出现了好几次"我在看着你"！不会是这个意思吧？

【我老公纸片人】：我重新看了一眼最后一章，要是你们说得对，写日记的其实也能算是一"人"一"鬼"，人是在学校读书的那个，鬼是另一个。按我的经验，这篇文应该是"鬼"写的，因为惨的人有时候会偷窥不惨的人，不惨的往往巴不得假装那些倒霉鬼不存在。

【大官人】：救！融合在一起是什么意思？

【行楷】：按照民间水鬼传说的逻辑，就是"鬼杀掉人，人变成鬼"，这篇文还加了个设定"鬼变成人"。

【旺柴娘】：我突然有个恐怖的猜测……

【小龙女】：什么？

【旺柴娘】：如果这篇文里有大量的真实信息，警方应该很容易定位到"唐果"本人，大家肯定都以为她有自杀风险。如果这时候找到"唐果"尸体，也会先入为主地认为她是自杀死的。但其实这个"唐果"不是写文人，是被水鬼抓去的替死鬼！

【我老公纸片人】：逻辑上说得通，但她图个什么？这太离谱了。@黑猫警长 你说话说一半可还行！

缪小蛙绝望地捧着手机，只恨时间不能倒流到十分钟前。

【我老公纸片人】：@黑猫警长@黑猫警长 到底什么情况？！

缪小蛙最怕别人点她的名，被"纸片人"连点了三次，她焦虑得开始不自觉地抖腿。

"反正他们都猜到了……"她破罐子破摔地想。

【黑猫警长】：这样就可以把自己身上的污渍都安在另一个人身上了。
【黑猫警长】：那个……只是我的猜测。
【我老公纸片人】：什么意思？
【黑猫警长】："鬼唐果"小时候是顶着"人唐果"的名额上的私立小学，我觉得在"鬼唐果"眼里，她和"人唐果"像一对镜子里的人，是彼此的替身。
【我老公纸片人】：啥玩意？难道现实里的"鬼唐果"和"人唐果"共享后爸？她俩后爸是一个人？姐俩？文里没这个线索啊，"姐姐妹妹"不都不是真的吗？
【黑猫警长】：不是的，我不能说太多，但两个唐果的继父不是一个人。
【我老公纸片人】：那你的意思是说，"鬼唐果"搞这么一出，就为了把自己的经历推到"人唐果"身上，然后杀人灭口？最后无辜的人死了，Z 那个人渣轻轻松松地逃过去了？这

什么脑回路？@黑猫警长 你是实习的吗？跟你说话太费劲了，能把之前那个说话清楚的皮下换回来吗？

【云朵棉花糖】：两个唐果的继父不是一个人，一个却能用另一个的名额上学……呃……我们有个不太好的猜测，会不会"人唐果"就是文中提到的"小姐姐"？Z 的亲女儿？

【我老公纸片人】：……

【大官人】：说得通，西斯空寂[1]！

【旺柴娘】：其实还有个地方，我觉得挺奇怪的。

【旺柴娘】：20X9 年之后唐果日记里就没有"姐姐"了，最后一章 10 月 20 日那篇日记里，唐果把玫瑰妈称为"那个女的"。秦老师也在 20X9 年之后就退场，三个"妈妈"只剩下一个，都是"薄荷妈"。也就是说，直到最后的最后，她还在日记里把"Z"写成"妈妈"。

【旺柴娘】：你们不觉得这更细思恐极吗？

【大官人】：恐在哪儿😡？！

【旺柴娘】：她这时候已经没法自欺欺人了，知道自己被真正的妈妈们抛弃了，Z 是个脏男人，根本不是什么"妈妈"，但还是坚持这个叫法……

【行楷】：斯德哥尔摩？警长刚刚说的，最后一章时间错乱的原因是？……

【黑猫警长】：是我想象的。

【黑猫警长】：最后一年有五天日期和星期错位，我查了一下气象历史，发现天气情况跟它们也对不上，也就是说日期和星期可能都是错的。联系到现实，她与世隔绝，一直吃精神类的药，每天过得浑浑噩噩，Z 这时候快不要她了，很少去看她，只偶尔周末去露个面，我觉得日期很可能就是随便一写。

【黑猫警长】：但是在她的意识中，Z 来的日子就是星期六。两处把别的日子错写成了周六，日记里她都见到了"妈妈"。

1　细思恐极，指仔细思索后，觉得恐怖到了极点。

其他写错的地方，不管实际是星期几，唐果都写成了星期二、三、四，没有一、五、日，因为周日也是周末，周一有刚过完周末的余韵，周五是周末快来了，只有二三四是离周末很远的工作日。

【黑猫警长】：最后一天12月31日本来是个周六，她写成了周四，因为"妈妈"没有来，他好像很久没有来了。

【我老公纸片人】：我感觉你想象力挺丰富，猜测纯属扯犊子。

【大官人】：……

【旺柴娘】：所以我们在这里骂人渣，但是在"唐果"看来，她是爱Z的，并且对被Z抛弃充满恐惧，因为玫瑰妈妈和橘子妈妈都抛弃了她，这是她最后一个"妈妈"了。

【小龙女】：对哦，话说回来，只是和林水仙穿一样的衣服、用一样的东西，就那么容易被认错吗？大家都穿校服的时候怎么办呢？

缪小蛙听见旁边有民警擦着汗说："缪队让咱们注意水，林水仙住过的几个地方只有平安区的靠水——就是平安湖——咱都绕着平安湖转八圈了，能查的监控都查了啊……"

"我看那篇文档里，她住平安区的时候，把自己的名字安在了当时住楼上的同学身上，那家人联系过吗？知不知道什么情况？文档里的'林水仙'跟现实里的林水仙有什么关系？"

"联系了，好像没啥关系。那家女儿是林水仙的初中同学，高二就出国了，家长说他们孩子刚上初中的时候跟楼下玩过一阵，后来就不在一起了。那

家的孩子说林水仙神神道道的,什么都学她,上课不听讲,直勾勾地盯着她看,学她摆弄笔的小动作,有一次还在自己交上去的作业上写了她的名。楼上家长因为这事还找过老师,但林水仙除了上下学跟着、平时没事老偷偷往他们孩子书桌里塞小礼物之外,也没干过别的事……虽然怪瘆人的,但说不上有恶意,老师也只能口头教育。"

"说得我这一身鸡皮疙瘩……"

缪小蛙没起鸡皮疙瘩,她只是无端悲从中来,眼前模糊了。

【行楷】:她不会还在刻意模仿林水仙吧……因为看出Z喜欢,努力想变成他喜欢的样子,讨好他……
【我老公纸片人】:什么鬼?这不可能。
【云朵棉花糖】:可能的。再恶心的关系也比没关系好,跟任何人、任何事都没有关系的人,精神世界就像崩塌死亡了。

缪妙面前的蔡人美断断续续地说:"高一暑假……20Y1年的时候,曦曦瞒着我和张淮去了陈文逸那儿,说是那女孩生日,回来就吐得昏天黑地,人状态特别坏……我收了她的手机,把那女孩的联系方式都给删了。她姐姐那个暑假要出国交换……我们就给她办了个旅游签,让她姐带了她一个暑假。为她,那年我们把家里网都给断了一个学期,寒假

要用才给重新安上……"

缪妙一边听,一边翻开手机里存的文档——

20Y1 年 8 月 30 日 星期一 阴
她一个暑假没联系我。
我在等什么?真好笑。

20Y1 年的暑假,林水仙等了陈曦一整个假期。

"后来听说她们搬走了,陈文逸开始往外地跑,好像不打算在 T 市混了似的,那母女俩也没消息了,我想这事应该总算过去了吧?曦曦状态越来越好,知道学习了,药也停了,我才把手机还给她,谁知道……"

缪妙轻轻地垂下眼。

作恶的没事人一样撇得清清的,旁观者希望"麻烦的人"和麻烦一起自觉消失,对于那只小小的水鬼"唐果"来说,全世界只有陈曦一个人注视过她,对她表达过善意,让她生起希望,并再一次破灭。

而这件事的颠倒之处在于:牵涉其中的所有人都有一张混沌的、充满阴影的面孔,只有一个真正的无辜者,她像无边夜色中一点微弱的烛光。

对一切都无能为力的厉鬼走投无路,只剩下吹灭烛火的力气。多么荒诞啊。

第二十八章
水中央（五）

现实时间：20Y3-3-23 16:35:00

螃蟹是一道荤菜。

而"水鬼"，也只在刚开篇的时候，短暂地当了一会儿"素食主义"鬼。

"要考虑林水仙对陈曦可能有恶意的情况——林老家那边的派出所呢，联系上了吗？"

"联系上了，那边回说马上核实林水仙祖父母的身份和住址，这就派人过去看看，但是乡下地方路不好走，他们赶过去可能还得一会儿……我感觉那边就是加个保险吧，我们搜索重点还是本市，一个小女孩，应该不会跑那么远？"

缪妙看了一眼表，16:35 了。

"不，现在最好的情况就是，她真能跑那么远……"

林水仙进入他们视野的时间太晚了，被"米糊糊"混淆了一道视听，锁定陈曦后又跟她父母纠缠

第二十八章

许久,从中午到现在,已经过去四个多小时了。如果林水仙在 T 市,有这四个多小时,热锅上的黄花菜都凉了,而 T 市到林水仙老家两三小时的车程,如果万幸,她真的用某种方法带陈曦回了老家,那现在说不定还来得及。

再微弱的希望也是希望!

缪妙接了杯凉水给自己灌下去,压住想要咳嗽的冲动,一回头就看见缪小蛙不知什么时候又凑过来,期期艾艾地要跟她说点什么。

"你先等会儿。"缪妙心里正转着别的念头,无暇理会她,打断缪小蛙,她继续对旁边的民警说:"陈文逸那边是什么情况?就算他说这事完全子虚乌有,是林水仙污蔑他,那他亲女儿失踪,他也不打算管了?"

"陈文逸说自己现在人在外地,在开车,刚才说了几句话就让我们等会儿联系他,把电话挂了。"

"开什么车?他开'泰坦尼克号'赶投胎……"缪妙的话音突然顿住,无辜的同事跟她大眼瞪小眼片刻,就听缪队语速突然快了一倍,"通话录音给我。"

警方一共给陈文逸打过两通电话,第一通电话录音是他们刚发现陈曦失踪时打的,那会儿还不知道"林水仙"的存在,警方的视线在张淮身上,陈文逸只是"与当事人失踪一事关系不大的生父"。

等民警告知陈文逸陈曦失踪，电话那头的男人语气明显慌了起来。

缪妙听见电话录音里陈文逸说："怎么会的？没有，她没联系我……她好长时间没联系过我了……孩子高三了，我怕耽误她学习时间，也不敢主动打扰她——这是什么时候的事？到底怎么回事？"

民警在他的追问下说了大概情况。

陈文逸听完沉默了一会儿，语气有了微妙的变化，慌张的成分明显少了："您是说她中午从学校里出走的？那怎么知道不是逃学出去玩了，也许是压力太大放个风什么的……"

民警当时想着这是当事人亲生父亲，也就没隐瞒，对他说了《当鬼》那篇文的事，还充满同情地嘱咐了几句，里面可能有些他不能接受的内容，希望他看了先冷静，现在最重要的是保护好孩子云云。

第一通电话到此为止，最后，陈文逸还有些心不在焉地问了陈曦带了多少钱之类的琐事。

第二通电话警方就没这么客气了。

陈文逸也在民警提到林红霞母女的时候立刻防备起来，几乎全都是简短的"不知道""不清楚""已经离职了，不联系了"，三两句之后就说自己正在开车，让他们找别人打听。

旁边放录音的民警愤愤地说："他都没问一句这

第二十八章

母女俩和陈曦失踪有什么关系,缪队,你说他是不是心虚?"

缪妙没吱声。

"缪队?"

"奇怪,"缪妙嘀咕了一句,"第一段录音里,他为什么没问张淮或者蔡人美是不是在外面得罪什么人了,或者是不是对孩子不好了……"

这反应不对……

孩子出事,两口子都会互相指责互相埋怨,何况是不欢而散的前任怨偶?

陈文逸第一次听说陈曦失踪的时候那么慌,却根本没想起来怪罪前妻,就好像他心里隐约知道女儿失踪可能跟谁有关似的……

为什么?

难道林水仙联系过他,威胁过他?

不,警方第一次联系他的时候,时间已经不早了,如果林水仙要用陈曦威胁他,早该联系了,陈文逸听见陈曦失踪不会那么震惊。

那么就是之前发生过什么事,让他迅速把那事和陈曦失踪联系到了一起。

会是什么?

还有那第二通电话,陈文逸对警方态度敷衍冷漠,除了这男的是个垃圾之外,是不是也有可

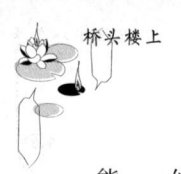

能……他认为陈曦还有救?

他说他在开车……

难道是他不愿意对警方承认自己是Z，想亲自赶过去？

"陈文逸在什么位置？"

"第一通电话里，他提到自己在C省B市。第二通定位在CZ高速上，南向……"

C省与Y省毗邻，从B市开车到林水仙老家，上CZ高速往南走，不到一个小时就能到。陈文逸在往Y省赶！

他认为林水仙带着陈曦回了老家？他为什么会这么想？那篇文档里没有暗示这一点——《当鬼》原文里，水鬼和唐果是在唐果家里融合的。

"长途汽车、火车购票人信息筛查过吗？"

"早筛过了，没有陈曦也没有林水仙的购票信息。"

以及……林水仙一个小姑娘，怎么带着陈曦跑到那么远的地方？

诱拐？

陈曦那么好骗吗？而且她临近高考，正是冲刺的时候，看她对学习的态度，干不出招呼也不打一声直接出走外地的事。

强迫？

难度太大了，两个姑娘一般大，陈曦怎么也比

第二十八章

被关了两年多的林水仙健康。就算林水仙用了下药、突然袭击之类的办法控制住她,怎么把人弄走?那么大个人,没有帮手她搬得动?

但林水仙是六亲皆散才走投无路的,缪小蛙和冰皮年糕也都确认过,唯一知道"螃蟹"线下身份的只有"米糊糊",正在医院里躺着呢。她去哪儿找一个信得过、还能帮她干体力活的帮手?

等等……

缪妙:"能不能查一下,林红霞母女两次搬家,用的都是哪家搬家公司?"

民警效率很高,只要有方向,很快给出结论:"都是同一家,叫'安心行长途运输公司',和陈文逸工作室合作过几次,之前他们工作室、员工宿舍搬家都用的这家。"

"之前搬家费用是陈文逸结的?"

"对……毕竟名义上,林红霞是他的员工。"

"让搬家公司配合,查陈文逸的账户,今天有没有下过单?"

"稍等……缪队,你说中了!真有一单!中午大约一点一刻,陈文逸的账户用公司 App 下了一单搬家业务,古城街西巷十字路口到 Y 省,中间经产业园,现金面结。"

"搬家公司这 App 允许异地登录吗?订单生成,

App 会有弹窗提示吗？"

"允许的……这种 App 做得很简单，安全性也比较低，客户不刻意关闭提示功能的话会有弹窗。"

也就是说，林水仙用某种方式放倒陈曦之后，很可能是把她塞进了行李箱里，然后叫来搬家公司帮她把人搬走。同时，她下单成功后，陈文逸那边收到了订单生成提示。

从 T 市到 Y 省，这是谁在用他的账户不言而喻，陈文逸看见大概会很疑惑：为什么林水仙还在用他的账户下单？账户里也没钱。还有为什么那女孩要回老家，她老家不是没人了吗？

可是疑惑归疑惑，他一定不会主动过问。

他像吐一口嚼过的口香糖一样抛弃了那女孩，正唯恐她纠缠，肯定早拉黑了她的全部联系方式。要是去问，万一她误会他还在关心她怎么办？口香糖粘在鞋上可不好往下抠。

直到派出所给他打电话，告知他……一并失踪的还有他自己的女儿。

那么，为什么林水仙要用他的账户下单？

缪妙："再联系陈文逸，如果他要去找林水仙，拦住他！林水仙搞这么大一出就是为了钓他，他赶到之前陈曦可能都没有危险。让 Y 省那边的人快一点，一定要在陈文逸之前找到这两个女孩！"

第二十八章

民警风一样地跑了,缪妙又倒了杯凉水,总觉得还有点什么事说不通,一边捯着,她一边招手问缪小蛙:"什么事?"

缪小蛙犯了罪似的蹭过来,犹犹豫豫地把自己方才在群里说漏嘴的事交代了。

缪妙第一反应是眉毛一立,张嘴就要骂人,然而还没等她骂出声,缪小蛙已经先瑟缩了起来。

缪妙愣了愣,突然发现这么多年以来,她们俩的相处模式好像成了定式。

缪小蛙说一点、做一点什么让她不满的事情,她就不分青红皂白,劈头盖脸地一顿臭骂,从来没去管过小蛙心里是怎么想的。

小姑娘唯恐犯错,于是越来越沉默、越来越死气沉沉。

缪小蛙本来已经预备好了迎接暴风骤雨,却等到了一只按在她头顶的手。那只手有些粗鲁地揉了揉她的头发,缪小蛙茫然地抬起头,姐姐从她手里抽走了手机。

"赖我,"缪妙说,"不该让你拿着……我看看咱们闯了个什么祸,怎么挽回……群里人不多,让她们帮忙保密的话应该……"

这时她难得缓和的话突然顿住,缪小蛙就见姐姐聊天记录翻了一半,脸色都变了——

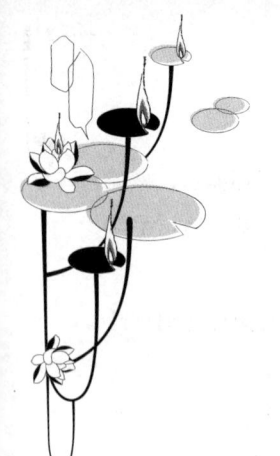

第二十九章
水中央（六）

现实时间：20Y3-3-23 16:38:00

缪小蛙没头没脑地用缪妙的号在群里说了两句话：一句是"唐果 20Y1 年休学，年底她们就搬到了一个很偏的地方，Z 不要她了"，紧接着又跟了一句"以及……我好像知道她最后一年为什么会写错日期了"。

群里被她这么突如其来的两句话砸得找不着北，当时有立刻提出疑问的，有隐晦提醒缪小蛙注意工作纪律的，还有晕头转向满头问号的……总而言之，她们关注的重点都是前一句话——也就是"唐果 20Y1 年休学"。

因为这个信息和文本最后两章是完全对不上的，一下把众人的讨论前提掀翻了。

而其中，只有一个人的回复异常扎眼。

【小龙女】：为什么呀？

第二十九章

她回的是缪小蛙的后一句——为什么写错日期。

这会是巧合吗？

这个网友只是单纯反应慢，一时没跟上节奏……以至于她表现得就像已经知道"唐果日记"后面有两个人一样？

缪妙有点发毛，拉住旁边民警："帮我查这个'小龙女'的账号定位，快！越快越好！"

同时，缪队开始回想她对这个"小龙女"的印象，发现……自己好像没什么印象！

按说群里就这么仨俩半人，还都挺能说，由"纸片人"领衔，从建群开始没两天，已经吵了好几轮，缪妙几乎能回忆起每个人的说话风格。唯独这个"小龙女"，就像一张沉默的壁画，朦朦胧胧的，话不少说，存在感却异常稀薄。

她怎么做到的……

缪妙飞快地搜索这个"小龙女"的发言历史。

"小龙女"几乎没有主动分析过什么，基本都是在随大流地提问和附和，连"旺柴娘"提议大家一起找文本中的疑点时，她都只提了一个群里已经讨论过的，很快被众人忽略。

这么一看，她像个没什么主意的围观群众。

但她也从来没说过蠢话。

这个群里，除了说话很注意的缪妙、一度顾不

上参与群聊的"云朵棉花糖",其他人几乎都因为失言被"纸片人"揪着字眼骂过,"小龙女"是唯一一个"幸存"的。

这可能是她参与度不高,刚好没踩过"纸片人"的雷区,还有可能是她发言非常谨慎克制……毕竟她也不是永远在附和的。

"纸片人"提出"林水仙和唐果没有互动","旺柴娘"提出"林水仙没有台词"后,"小龙女"迅速列举了一系列也没有台词的人物,试图让"林水仙"显得不那么特殊——她第一次在文下评论区打"林水仙"的名字还打错了字序,这回列举边缘配角倒是又全又快。

更微妙的是,"行楷"发现日记中有几处"得"用对了之后,"小龙女"也是第一个跳出来说那可能是"输入法"的问题,比平时用键盘工作的编辑和作者都快,随后又立刻跟着"纸片人"提出了"换设备"的说法……总之,就是设法把大家的思路往另一个方向引。

但是转移视线失败后,她也能毫不纠缠地放弃自己的立场,一个字也不再多说,几轮下来,完美地保住了她"看客"的状态。

"缪队!"

第二十九章

缪妙猛地抬头。

一个民警小跑过来说:"你让我查的这号是个不久前注册的新号,现在的定位在 Y 省 M 市地区。"

林水仙老家!

"还有,我们刚刚在网上搜这个号,意外在陈文逸工作室的咨询客服那里看到了——大概三十多分钟以前,这个号给客服留言,说'我等你到日落,不来,你就再也见不到她了,你知道我在哪儿'。"

缪妙差点炸了:"为什么不早说?!"

"他们客服是临时工……说这种骚扰小号可多了,同行竞争的、钓鱼的,一天到晚见的什么人都有……"

缪妙没听下去。

是她——水鬼、唐果……林水仙。

对了,林水仙怎么可能联系到陈文逸呢?陈文逸干这套勾当一定驾轻就熟,想摆脱她的时候,消失得比水蒸气都快。

20X9 年的时候,她曾经一度被剥夺过对外通信的权利,因为她"不听话"。那时只有陈文逸一个人可以联系她。他像一只无处不在的大眼睛,窥视她、控制她,花了三年,把她养成了一个"听话""顺从""能好好享受生活"的"好人"。

然后他把她放逐荒野。

20Y2 年,这一整年,三百六十天好像都是工作日，就只有零星几个周末。临近年关，一天比一天冷，"周末"一天比一天渺茫，好像交加的风雪也会把日历牌吹远似的。

她等过了四季，等春天。春天河冰开化，重见天日的水鬼会从冰冷漫长的噩梦里醒来。

然而她先是等到了一封快递来的解聘书，再是病危通知单、死亡证明、要求按期搬离通知书……

她所有联系方式都被那个男人拉黑，换号打过去，发现陈文逸已经更换了工作室地址，换了手机号，消失了，连陈曦都联系不到他。

而除了陈曦之外的所有人……包括陈曦的妈妈，都讨厌她，提起她像提起什么不吉利、不体面的忌讳，没有人会帮她。

她唯一能想到的办法，就是不停地骚扰工作室的咨询客服，被反复拉黑，再注册。

三十多分钟前，她回到了小时候生活过的地方，那片好几次差点淹死她的池塘边。

她想：陈文逸是知道这个地方的，20X7年初那个寒冷的春节，就是他亲手把不听话的女孩送回来"受教育"的。

池塘还没干，水里的怨魂还在随风摆荡，网上的陌生人正一点一点捋着她的生平。

她一边看，一边唏嘘，心里想：真像在看别人给自己刻赛博墓志，我一辈子都没被这么多人围观过。

然后她给陈文逸工作室的客服最后一条信息，希望她被人发现之前，她想见的人能赶来。

如果事与愿违……那也没办法，这已经是她能挣扎出的最大的水花了。

自始至终，她都在看着，看网上那些局外人讨论她的故事、评价她的人生、推测她经历过什么。

文中有鬼看人，文外是人看鬼，看客们众说纷纭、形态各异，又被另一双眼睛透过小小的窗口窥探。

那么她看见的是人还是鬼呢？

不过眼下，这些都不重要了，缪小蛙一句话说漏，"小龙女"——林水仙——那边显然已经知道警方锁定她了。

警察可不用像她一样，要大老远地坐车从 T 市颠簸到 Y 省，只要一个电话，他们就能派民警从最近的派出所找过来，路再不好走，找到她也不用等到天黑。

所以她要怎么办呢？

女孩叹了口气，站起来拖过行李箱，最大号的行李箱下面，四个轮子被箱子压得陷进了河边的淤泥里。

"看来是没时间了……"

她正要放下手机，突然，一条有些刺眼的提示

框跳出来,有人@她。

【黑猫警长】:群友清点群里人来历的时候漏过了我,只有你问了,但是当时没人回答,给我几分钟,我回答你 @小龙女
【大官人】:哈?
【我老公纸片人】:什么情况?
【云朵棉花糖】:小龙女怎么了?
【旺柴娘】:等等,这语气……警长的第一个皮下回来了?
【黑猫警长】:我不是谁报警招来的,也不是随便误闯了一篇文,"火眼金睛"看出了不对劲就开始调查的"神探"。我和云朵一样,是被身边的人拉来的,在这个群里,你来自"三次元"的读者不止云朵一个,我也是。
【大官人】:……
【大官人】:你的读者……颤抖……这句话不是我理解的那个意思,不是吧?
【我老公纸片人】:你是谁??? @小龙女
【行楷】:大家都不要说话!不要刷警长的屏!
【黑猫警长】:把这篇文推给我的人以为我不会看的,因为我从来不关心她在干什么、想什么,只希望她少做用不着的事、少给我惹麻烦——所以她很快又撤回了。如果是平时,我会骂她不好好读书看网文,然后忽略她,但是我在那天上午刚拿到自己的肺癌诊断通知书,所以我干了点跟平时不一样的事。
【黑猫警长】:我虽然骂了她,也去看了你。
【黑猫警长】:林水仙,你在看的话,回复我点什么好吗?

群聊的对话框凝固了几秒,就像一刻不停转的地球上,有一些微不足道的生命被按下了暂停一样。

缪妙一心二用，对周围惊呆的民警说："催一下那边的派出所，车开不过去就跑过去，能多快赶多快！"

线上的人惊心动魄，线下的人在崎岖的土路上狂奔。

"陈文逸联系上了吗？"

"陈、陈文逸不接电话……"

缪队含糊地骂了一句"垃圾"，百忙中又抽空说了一句："另外陈曦为什么在古城下车，这也是我百思不得其解的，按理说产业园那边人口稀少，想绑架陈曦，林水仙从自己家里下手更安全……让古城那边的人先别撤，继续查。"

"是……不是，缪队，你刚才说你确诊……"

"嘘！"

缪妙无暇与震惊的民警讨论自己的癌细胞，不由分说地让人闭嘴——群里多了一条信息。

【小龙女】：。

第三十章
水中央（七）

现实时间：20Y3-3-23 16:40:00

群里所有人都紧张得不敢动，仿佛隔着网线也会惊动什么。

每个人都在想：如果我是"黑猫警长"，要说什么？

比如，呃……"你要好好活着，活下去才是对命运最大的反击""仇恨客观存在，但生命是你自己的""杀不死你的都会让你更强大"？

聂凯这会儿脑子里只有干巴巴的名人名言，古今中外的名流们在她脑浆里打成一团，间或还夹杂着几声鸭子叫——来自被她揉成一团的解压玩具……然后她发现，劝慰原来这样苍白遥远，就像璀璨的群星照不亮暗巷。

她会说"要杀就杀人渣，死都不怕了，还怕带走几个吗"？

"警察肯定不敢说这么三观不正的话,我来说。"王梦瑶用发抖的手指打出长长的谩骂,可是临到发送,她又把聊天框里的话都删掉了。一字一句,像被虚无感吞噬的生命力。

先要给她确认"我们看到你了,你不是一个人",然后要提醒她"你是有选择的"……
赵筱云恨不能把危机干预的课件重新找出来背一遍。

也许承诺"我们会给你一个交代",比劝慰或者别的什么更好?
黄晶晶无意识地拿笔在纸上乱画,试图想出个什么主意能把人渣送进去。她在"Z"的名字上画满了红叉,却发现除了买凶杀了他,她也没什么好办法……她脱离社会好久了。

直到"黑猫警长"在无数猜测中开口打破张力——

【黑猫警长】:你在旁边看着她们讨论你,但你一直没怎么说过自己的想法。她们说得对吗?你想说点什么吗?

很巧妙的迂回,不敢出声的人们齐刷刷地松了

口气，警长还是靠谱的。

然而下一刻——

【小龙女】：不想。

大家好不容易吸进来的那口气又卡住了。

【小龙女】：她们怎么想都行，该说的话，我已经说完了。
【黑猫警长】：那你为什么加这个群呢？
【小龙女】：我想看到读者的反应。
【黑猫警长】：读者的反应你满意吗？

"小龙女"又沉默了几秒，没回答，突兀地转移了话题。

【小龙女】：你是谁？是什么地方的警察？你多大年纪？是男的还是女的？
【黑猫警长】：我现在是T市平安区分局刑侦三队的，以前在湖滨西路街道派出所工作过，你小时候也许偶遇过我。当年你扔在平安湖边的娃娃就是我们收走的。我和你妈妈差不多大，是女的，我是葱花的姐姐。
【小龙女】：哦，我知道，你就是那个一直恨葱花害死你们父母，还得被迫养活她、被她拖累的倒霉姐姐。葱花说你很惨。
【黑猫警长】：嗯，对。其实我知道那件事不是她的错，但软弱的人遇到坏事时，总是忍不住要找个谁责怪一下，好像有因有果了就安全了，以后的生活就可以不用担心坏事会随机发生。我很软弱，忍不住会怪葱花，又因为知道责怪她的理

第三十章

由不够正当，总想挑她点别的毛病凑一凑。我不惨，也不倒霉，我只是个不怎么样的大人。

【黑猫警长】：但我不是被迫养活她，也从来没觉得自己被她拖累。

【小龙女】：软弱的人别人会喜欢吗？你过得好吗？

【黑猫警长】：我不知道，我想让别人喜欢我，但别人不喜欢也没办法，生命有限，那不是最重要的事。我高兴的时候不多，大部分时间都在发脾气，但我觉得我过得还不错，不然也不会这么怕死。

【小龙女】：嗯，你生病了😭😭，葱花知道了一定很伤心。

【小龙女】：我可以问别人吗？

【黑猫警长】：可以。

【小龙女】：你们可以说话吗？你们一直在聊我，我想看你们聊自己。@所有人

【我老公纸片人】：我跟你聊！我比你大四岁，是清水站的同站全职作者。我不是什么好东西，举报过你，还骂过你。

【小龙女】：没关系……

【我老公纸片人】：我没道歉，你本来就硬蹭热度还刷分，要不是锁了我还得接着举报呢。

【行楷】：……

【我老公纸片人】：我老家在偏远地区，他们让我初中就辍学，我非得上，信了我姑的邪，被她骗到家里给她嫁的老男人占便宜，闹大了还说是我不要脸勾引男人。我跟这一家没皮没脸的货断绝了关系，一个人跑出去打工。我十八岁的时候没有你那么惨，就是觉得自己过得像条狗，连下水道的老鼠都比我有尊严。

【我老公纸片人】：但我一点也不想死，我还能过得更差吗？就算真能，这么多年我也有经验了，练出来了，不怕了！

【我老公纸片人】：现在我以看漫画写同人为生，钱一个人花不完，喜欢什么买什么，想去哪儿去哪儿，想骂谁骂谁。别人

爱喜欢不喜欢，老娘不吃他家米，用看他脸色？过得爽爆了！

【我老公纸片人】：你要是没地方去，就来找我。我有地方给你住。

【行楷】：我是个眼高手低的编辑，年纪可能也跟你妈差不多了，还是一事无成，可能都没有纸片有钱。因为一事无成，所以看不起人就是我的主业。你刚才想看我们聊自己，我就想，我要是个伟人就好了。我感觉你长这么大，好像没见过什么好榜样，身边大人都不知道是人是鬼，到现在想随便抓一个人看看，居然会抓到我这样的。

【行楷】：我这三十多年没有活好，我觉得很对不起你。如果我早知道会有一个你在旁边看着，我一定每天把自己检查三次。

【云朵棉花糖】：我也没有活好，对不起，我是冰皮年糕的秦老师。

【云朵棉花糖】：不是，我可能还不如秦老师，我连自己应该怎么活都没弄明白。我专业不行，能力不行……什么都不行，连怎么让自己行起来都不知道。冰皮年糕问我人为什么活，我说不出来，我经常觉得自己很无耻，好像寄生在这个世界上一样。

【旺柴娘】：我是当年给张婷写过报道的记者，去过你们学校，也可能和你偶遇过。写完那篇报道我就辞职了，做了一个家庭主妇。每天就是在各种宝妈群里接龙买东西，在一地鸡毛里看各种各样的资讯，焦虑，唯恐自己家比别人家走慢一步。我逼孩子学习，逼爱人上进，自己每天蓬头垢面从早忙到晚，不知道在忙些什么。

【旺柴娘】：我小时候学习成绩好，睥睨全校，那时候我以为我将来长大以后是栋梁，结果没有。现在我快四十岁了，这辈子高开低走，值得骄傲的东西好像都在前半生。我爱人从大厂的底层螺丝钉升到中层时，说要送我一件生日礼物。我兴奋了半个月，结果那天我们在一家奢侈品门店门口排了半小时的队，被放进去以后没有得到任何服务，那个冷淡的销售中途就抛下我们,去服务一个插队进店的网红——那个人就是蝴蝶妹妹。

【旺柴娘】:我一直以为我讨厌她是因为她假,她不自洽,连自己的出身都不敢承认。后来仔细想想,大概是我假,我连自己的平庸也不敢面对。我一直以为那篇报道是我这辈子做的最后一件有价值的事,没想到间接地引发了那么多后续,还在好多年以后把我带回到这里,我也不知道命运这是个什么安排,可能是给你一个反面参考?

【大官人】:对不起我先说……我是个躺平的大学"牲",普通学校出产加工的垃圾,在学校水文凭[1]的。我一天到晚很无聊,也不知道要干什么,除了到处刷刷就是看网文追剧,加了五十多个群……刚刚还在给我同学直播你的事,拿出手机一天就过去了。

【大官人】:你就不要看我了吧,我无地自容……

"小龙女"——林水仙——觉得,她现在也许不应该分心去看手机。

虽然她知道这地方除了清明、寒衣两节外少有人来,来也都是半夜偷偷的,但万一呢?万一她运气就是特别不好呢……毕竟她运气一贯不好。

可她忍不住。

手机屏幕的左下角磕碎了,靠膜凑合粘着,机身里没有 SIM 卡,眼下是在用一个移动 Wi-Fi 连着网。这是一款四年前上市的旧机型,它比她的保质期还短——陈文逸只用了不到三个月就摔坏了屏幕。

---

[1] 意为"混文凭"。

他对旧物一向绝情，扭头就买了个新的，旧的丢给她去回收换零花钱。

她没换，偷偷把手机藏了下来，若干年后——当她也和手机一样被弃之若敝屣时——它派上了用场。

那些网友发的文字先是被屏幕的裂痕五马分尸，又会被下一段信息顶出碎屏区，重新完整起来。

林水仙有一点着迷地看着这个循环往复的过程，心想：她们好像都好难过。

她却看得心满意足，十八年来，她一直生活在冰冷的水里，耳朵里听的是鬼音，眼睛里看的是烂在泥坑里的尸骨。这是她第一次听见真实的人声，她觉得很热闹。

当警察的，当老师的，当记者的，当编辑的……还有，当作家原来真的不用让别人养。

多好啊，如果可以，她想一直看下去。

跳来跳去的字开始模糊，她愣了愣，发现眼泪掉在了屏幕上，正要伸手去擦，突然，身后传来几声闷响。

林水仙猛地回过头去，一个高大的黑影向她扑了过来，讲究的皮鞋走不惯乡下的路，刚才几声闷响是他试图悄悄从后面靠近时，把石头踩活动的声音！

男人意识到自己被发现，也不藏了，抡圆了胳膊朝着她的头打过来："贱人！"

第三十章

　　林水仙本能地伸手护住头，手机被这一巴掌扇进了河里，她经验丰富地蜷缩起来躲避殴打。男人更凶狠的一脚踢过来时，她突然撕心裂肺地大叫了一声，用尽全力把一直紧紧抓着的行李箱推进了水里。

　　这种乡下野坑没有"岸边水浅"的地方，沉重的行李箱落水直接往深处沉去，砸起了一大片水花。

　　男人目眦欲裂，本能地伸手去抓，脚下一滑，被一起带下了水！

第三十一章
水中央（终）

现实时间：20Y3-3-23 16:50:00

一下了水，男人那讲究的毛呢大衣立刻成了个有袖的秤砣。他狠狠地拽着行李箱、抻着脖子，手忙脚乱地扑腾。

"林水仙……喀喀……呸……我哪儿对不起你？……你到底要多少钱，直说不行吗？噗……贱人……跟你妈一样是贱人……陈曦要是有点什么事你等着……"

林水仙捂着快要被他踢漏的小腹蜷在岸边，手机飞了，于是她的目光一时不知道该往哪儿落似的，只好茫然地飘在男人头顶。她看着不像个活人。

风仿佛也听不下去了，突然严厉起来，被刁钻的乱石挤成断断续续的哭声，刹那间，所有埋在坑底的"水仙"好像都醒了。

男人的污言秽语和气焰一起弱了下去，他奋力地去扒岸边。可是岸边松软的污泥不着力，他抓了几次都脱手，一张嘴又"咕"的一声灌了口水。

浸了水的行李箱越来越沉，陈文逸终于害怕了。

"水仙……喀……水仙，你听、听我说，我刚才是急了……动手是我不对，我不是东西。这么多年的情分了，大家好……好聚好散好不好？再说陈曦跟这事也没关系……呸……你俩不是挺好的吗？啊？我肯定给你补偿，你想要什么都行，拉我一把，拉……哎！哎！你干什么？！"

他放软态度哀哀恳求，林水仙好像没听见，踉跄着站起来，走向了旁边的一块大石头。

陈文逸大惊失色，两条腿像瘸腿蛤蟆一样在水下乱蹬，可那大箱子定海神针似的坠着他，他怎么挣扎都在原地打转。眼看女孩摇摇晃晃地搬起石头朝他走过来，陈文逸连呛三口水，嘴里的"你干什么"变了调子。

然后林水仙走到岸边，微微弯腰——

她手里那块巨石要落到自己脑袋上了，情急之下，陈文逸慌不择路，松开了拽着行李箱的手，玩命往远处扑腾。

行李箱不防水，箱子这会儿已经被水浸透了，陈文逸一松手，它就忽忽悠悠地沉了下去，水面只剩下一串气泡。

岸边的林水仙腰弯了一半，怀里的大石将放未放，就这么眼睁睁地看着他扔下箱子游走，一时像是愣在那儿了。她盯着箱子沉下去的地方那密集的气泡，像是刚从一场颠倒破碎的乱梦里挣脱，神色有些恍惚，又好像有些难以置信。

"沉下去了……"她喃喃地说。

陈文逸耳边尽是自己扑腾出来的水声，没听见。

下一刻，林水仙像充上了电的机器人，她那双玻璃珠似的眼聚了焦，眼神突然有了光彩——凶光。

猛地往后一仰，林水仙奋力将大石头朝陈文逸砸了过去！

与此同时，"濒危水鬼保护组织"的群里，有人意识到"小龙女"许久没回音了。

【云朵棉花糖】：各位先等等，@小龙女 你还在吗？你想看什么我们都陪你说，但你能不能偶尔随便打点什么？一个句号也行，你一声不吭我有点害怕。
【云朵棉花糖】：@小龙女
【云朵棉花糖】：还在吗？

一个句号也没有。

网络好像就是这样，有时候无处不在，人人都在触手可及处；有时候又这样无力，你永远也不知道刚和你说话的人何时离开，还会不会再回来。

第三十一章

缪妙几乎已经站不住了，恨不能自己踩块筋斗云翻过去："Y省那边还没找到人吗？"

"在问！在问了！"

"缪队！"突然，民警老王气喘吁吁地跑了过来，"你说对了！古城那边果然还有线索！"

"什么？"

"有人见过她们！"

"这个目击者是临时替别人看摊的，摊位在街边一个胡同里，中午他等摊主的时候，看见两个女孩在'古城西路'和'通达路'交会的十字路口过马路，从南往北走的。目击者说两人一个背着书包，另一个拉一个出远门用的那种大行李箱。他印象很深，因为其中一个女孩穿了一身平安二中的校服，蓝白相间，中午走大街上很显眼——目击者本人就是刚从二中毕业的，当时还抓拍了个背影发给朋友自嘲，说'好学校的人在准备一模，破学校的渣在大街上遛'。照片在这儿！"

缪妙一把夺过手机："叫蔡人美过来认人！"

蔡人美只看了一眼，表情就没绷住，一把捂住嘴，她拼命点头：是陈曦！

"她俩过马路的时间是中午十二点半左右……但是为什么要过马路？陈文逸工作室和林水仙以前的住址都不是这个方向……"缪妙飞快地整理思绪，

"通达路往北走有什么地方？给我查一下地图……"

"是、是水晶宫大酒店！"蔡人美带着哭腔说，"通达路十六号，水晶宫大酒店！我们之前一直给曦曦过生日的地方！"

缪妙愣了。

数百公里外的野坑边，林水仙第一块砸下去的石头失了准头，擦着陈文逸落了水。女孩脸上泛着病态的红晕，转身去找别的石头。

陈文逸鞋都蹬掉了："别！别！有话好好说……水仙……宝宝你冷静，我上岸给你打好不好？这不是闹着玩的……你不是一直喜欢那个水晶宫吗？答应你好几年都没机会给你过一次生日，咱们今年去……咱们包场，包全部的……你真砸！"

一把石子砸中了陈文逸的后背和脑袋，他整个人好像蒙了一下，随后怒不可遏，猛吸一口气往水下扎去，陈文逸一把扒掉了外套，从衣服底下钻了过去。

衣服和水花遮住了林水仙的视线，她一时找不到目标在哪儿。突然，一只青筋暴起的大手从水里伸出来，一把抓住了她的小腿！

林水仙脚下一滑被那手带倒，整个人给拖着往水里滑，然而这一次，她没再叫"妈妈"，没再喊

"我听话",没有跑,也没有瑟瑟发抖地往被子里躲、哭着挨着等天亮。

她把方才没来得及扔的石头狠狠砸向了那只手。

一下、两下……

陈文逸猛地把手缩了回去,整个人从水里冒出来,双眼充血,不管不顾地往岸上爬,手在岸上乱抓。挣扎间,林水仙一条腿已经被他拖进了水里,没有石头了,她就抡起细细的胳膊捶陈文逸的头。

可惜她无声的愤怒有那么多、那么汹涌,这具被修剪得纤细脆弱的身体竟不能承载万分之一。

怒吼声响起来,林水仙整个人猛地往水中坠去,就在这时,一只手拽住了她的衣服。

"在这儿!找到了!快快快,拉我一把!"

"好冷……"林水仙被几个陌生的民警七手八脚地拎走时,心里这样想着。

有个胖乎乎的女警感觉到了她在发抖,用一件大棉衣裹起了她,把她往远离水坑的地方拖。女警身上没有香味,倒是有点饭味,中午可能刚吃过韭菜馅的包子……

"有点臭。"林水仙心里想,抽搐的四肢却渐渐安静下来,她听见那女警急促的心跳,感觉自己被韭菜味的棉衣压成了一张薄薄的纸。

陈文逸还在那儿大声号:"她是杀人犯!你们快

把那个杀人犯抓起来！我女儿被她绑架塞进行李箱推水里了！她还要杀我，你们都看见了！"

民警们脸色变了，几个人连忙脱衣服往水里跳，下去捞箱子。

"我要让她偿命！疯女人！精神病！我倒了八辈子血霉沾上她……满嘴谎话！人怎么可以坏成这样……曦曦啊！曦曦！"

一个守在岸上的民警生怕他一激动栽进坑里，正心惊胆战地攥着他的衣服，手机忽然响了。民警立刻接通："人找到了，男的和其中一个女孩，说是还有一个女孩在行李箱……啊？什么？"

他表情变了几次，缓缓松开了拽着陈文逸的手，目光古怪起来——

"我们这个童话公主主题服务有好几个档，可以包主题宴会厅、花园，最便宜的是套房服务，赠送五人份的蛋糕饮料和小食……今天中午突然有两个客人来，也没预约，要包个最小的'公主间'。我们本来说没预约不行，房间没布置好，蛋糕都来不及出！但客人坚持要求，好像我们不服务，她俩就会落下终生遗憾似的，没办法……房间出得可仓促了，蛋糕都是从自助餐厅随便拿的……她们就两个人，然后大概一点钟，其中一个客人拖着行李箱走了,挂了请勿打扰,我们保洁还以为另一位顺便在套房里休息了……"

领着民警上楼的酒店经理吓得脸煞白,拿房卡刷开了门:"谁知道另一个在行李箱里……啊!"

充满童话色彩的包间里到处都是梦幻的摆件,八音盒的音乐还轻轻地响着,仓促端上来凑数的蛋糕被人切掉了一个小角,沙发上睡着一个开门都没惊动的女孩。

有人临走的时候给她盖好了毯子,调好了空调温度,还把过生日用的纸王冠放在了她头上。

小桌上放着一张卡片:谢谢你,^_^。

Y省荒凉的野坑边,几个湿淋淋的民警"砰"的一下掀开了行李箱,面面相觑——

箱子里有一盒骨灰和一些石头,这些重物压着无数张瘆人的黄色符纸,血一样的朱砂写满了呓语似的文字。

"我对生活充满感激。"

"我很好。"

"我相信一切都会变好。"

"我听话。"

"我爱妈妈。"

…………

謝謝你

第三十一章

围着中间一张遗照似的黑白照片,是个没在笑的小女孩。

尾声

现实时间:20Y3-3-25 12:00:00

濒危水鬼保护组织——

【我老公纸片人】:我马上进站!
【行楷】:17XXXXXXXXX 车给你约好了,进站以后打这个电话,司机举牌等你。
【我老公纸片人】:🖐
【行楷】:酒店给你订了一个星期的,你先去酒店把行李放下,接上小唐果不着急走,你俩先住几天熟悉熟悉。
【我老公纸片人】:知道。
【我老公纸片人】:对了,接我的牌上写的什么?真名还是网名?
【行楷】:……恭迎海胆王陛下南巡。
【我老公纸片人】:……
【我老公纸片人】:你等着。
【旺柴娘】:🐰
【云朵棉花糖】:@黑猫警长 我听说那个Z说自己受到了人身伤害,要起诉?
【黑猫警长】:葱花跟冰皮年糕这俩玩意儿嘴真快。
【黑猫警长】:没事,他要起诉得先有本事验个轻伤出来。

尾声

【旺柴娘】：我这边在联系在那个人工作室上过课的学生和家长，现在有两个小女孩给我私信了。对客户他倒不敢干什么过分的事，都是骚扰擦边之类的。有个小女孩可能是胆子小，弱弱的那种，以前没敢告诉别人，他就会挑这种的，现在家长知道气疯了。查他那工作室资质去了。账、税、消防，我就不信他一点事没有。

【云朵棉花糖】：信女愿出十斤肥肉换人有事。

【我老公纸片人】：我出三十斤！

【行楷】：话说小唐果以后还能上学吗？我感觉最好还是去上学，经济上的话，省一省，我可以资助一点。

【米糊糊】：蝴蝶也说可以资助。

【云朵棉花糖】：！！

【云朵棉花糖】：@米糊糊 你怎么样啦？出院了吗？

【米糊糊】：嗯，在去做笔录的路上。@糖糖别怕 对不起。

【行楷】：其实我还想问问警长小姐姐怎么样了？那天说生病的事……

【黑猫警长】：我妹陪我来医院了，已经住进来了，体检完就准备手术，放心吧。没准打开一看发现没那么恶呢。

【云朵棉花糖】：一定不会那么恶！

【黑猫警长】：借你吉言😎

【黑猫警长】：其实恶也没事，要真那么恶，以后我给你们直播抗癌笔记。

【云朵棉花糖】：呸呸呸！

【行楷】：呸呸呸！

【我老公纸片人】：呸呸呸！

【黑猫警长】：哈哈哈😂有人直播怎么养活自己，有人直播怎么长大，也得有人直播怎么死嘛。

…………

群主"糖糖别怕"没有出来回复,但她一直待在那儿,群也一直没解散。

现实时间:20Y3-3-25 12:00:00

00:00

清水文学城
[您有一条新评论]

清水文学城
[您有一条新评论]

清水文学城
[您有一条新评论]

作者后记

这个故事的灵感来自一位老师,他告诉我"争吵"的本质是想让别人理解自己。当人们发现自己的话别人不听,就会放大音量;要是喊起来也没人听,就会采用更激烈的方式,比如大吵大闹,比如撒泼打滚,比如编造一些耸人听闻的事。

"也不管用呢?"我问。

"那可能会发生更可怕的事。"

好嘞,我就喜欢可怕的事。

还有什么比一团黑暗潮湿、看起来充满恶意的不明物更能引发人们的探究欲呢?我们这个物种,好奇心长得不是地方,天生就喜欢窥视不美好的东西。

永世不得超生的水鬼扒在岸边,用扭曲的眼睛观察悲惨的活人;空虚的人们在网上游荡,希望捡点丑事慰藉自己虚度年华的羞耻;一切的策划者混在食腐的人群里,打算近距离地观赏那些津津有味于尸臭的嘴脸;一头雾水的读者看见陌生的文风,心想这是什么鬼? priest?啊,她终于想开了决定卖号吗?

在我的想象里,被水鬼凝视的女孩、水鬼、故

事里的读者、故事里的作者、真实的读者与真实的作者就像参加了一场大型躲猫猫游戏,互相观察,彼此都是镜中花,谁也碰不到谁。

"躲猫猫"玩到一半,一些顺理成章的事会随着情节展开,被水鬼凝视的女孩和水鬼逐渐融合;又过了几章,故事里的读者开始暴力"破壁"——她们会取得一些成功。截至此时,还都是设计。有朋友建议我在最终结局的时候让水鬼杀掉女孩,给故事里那些临时上岗的"救世主"一个黑暗震撼,重新将她们打回到无能又无聊的真身里,说这样的结局更有亮点。

说实话,我有点心动。

已经有好几年了,我会在写作过程中刻意避开自己喜欢的东西,否则就有种偷懒摆烂的感觉。但作为一个资深爽文爱好者,为了"亮点"把自己都不爱看的东西塞给读者,又好像不太厚道,仿佛给来家里的客人蒸了一锅我不吃的甜粽子——还是蜜枣馅的。再加上当时正好因为感染新冠发烧,脑子有点不太够用,于是最后,我还是决定不搞什么幺蛾子,用写惯了的大团圆模式收尾。

虽然这样一来,这就变成了一篇平庸的诡叙故事。不过反正我也就这水平,正常发挥,没什么遗憾。

可是没想到,临到结局的时候,发生了一件意外。

作者后记

我在互联网上写连载已经很多年，收到过很多评论，对读者的反应可以说很熟悉了。后来工作忙，评论来不及逐条翻阅，只能翻一翻看个大概，大家是夸是骂、是"呜呜呜"还是"哈哈哈"基本也都在预料之中。但是正文倒数第二章的评论区却通向了我始料未及的方向——我想，我大概永远也忘不了上百个 ID 朝着故事里的人隔空喊话的样子，真实的读者敲碎了最厚重的那层次元壁，把故事里的作者推向河岸，推向那些等着捞她的手，让这个平平无奇的短篇有了我从未达到过的完整度。

人和人之间的悲欢真的相通吗？最近几年，我对这个问题的答案开始模棱两可。作为一个不文艺的中年人，那副架在我眼眶上的浪漫主义滤镜早就摇摇欲坠，不料这回被一些读者不由分说地重新糊了一脸。罪孽深重啊，你们！

因版权和篇幅问题，实体出版无法还原那一章的评论区，可能是这本书最大的遗憾吧。

无论如何，非常感谢，我亲爱的、勇敢的破壁人们。

Priest

2023 年 11 月

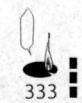

谢谢你 ^_^

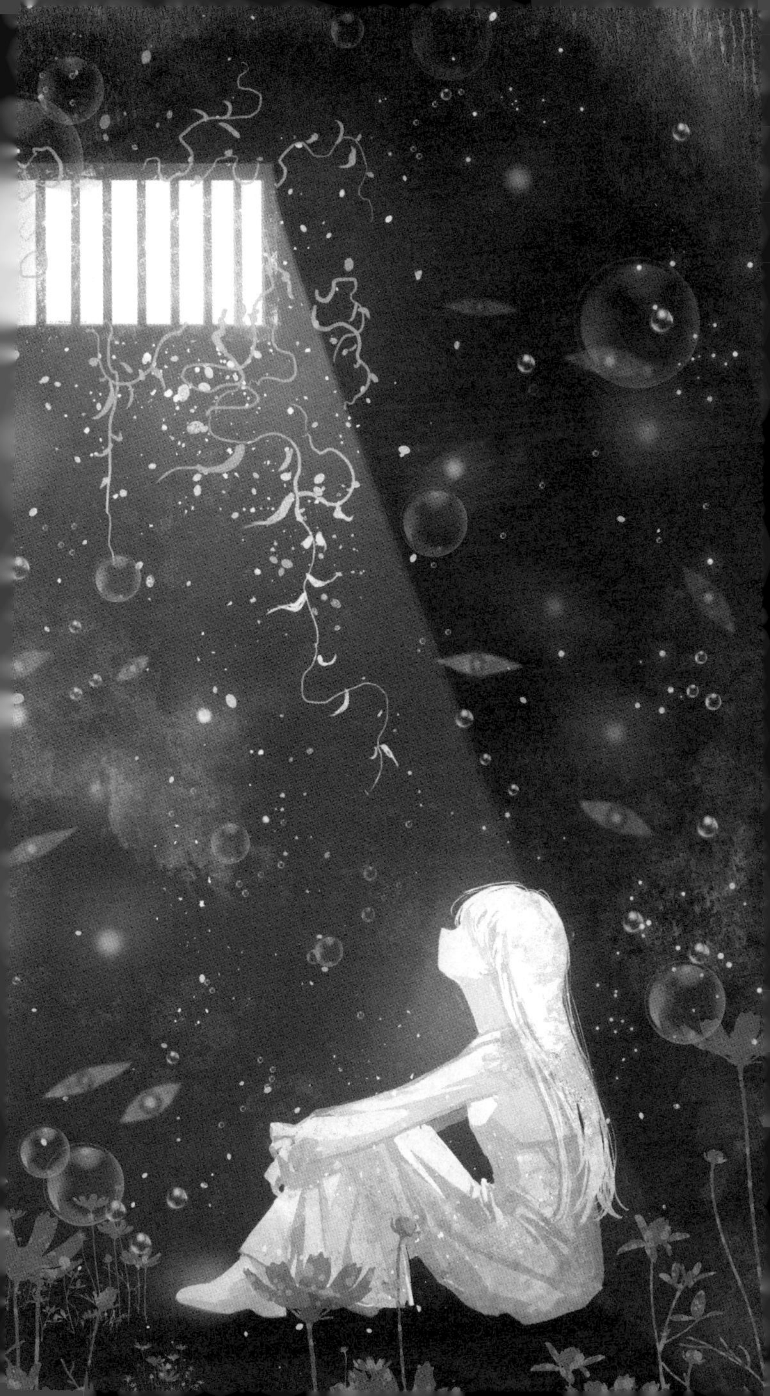

图书在版编目（CIP）数据

桥头楼上 / Priest 著 . -- 北京：国际文化出版公司, 2024.3（2024.6 重印）

ISBN 978-7-5125-1566-6

Ⅰ.①桥… Ⅱ.① P… Ⅲ.①长篇小说－中国－当代 Ⅳ.① I247.5

中国国家版本馆 CIP 数据核字 (2023) 第 215917 号

桥头楼上

作　　者	Priest
责任编辑	侯娟雅
责任校对	钱　钱
出版发行	国际文化出版公司
经　　销	全国新华书店
印　　刷	北京盛通印刷股份有限公司
开　　本	880 毫米 ×1230 毫米　　32 开
	10.75 印张　　　　　　170 千字
版　　次	2024 年 3 月第 1 版
	2024 年 6 月第 4 次印刷
书　　号	ISBN 978-7-5125-1566-6
定　　价	52.80 元

国际文化出版公司
北京市朝阳区东土城路乙 9 号　　邮编：100013
总编室：（010）64270995　　传真：（010）64270995
销售热线：（010）64271187
传真：（010）64271187-800
E-mail：icpc@95777.sina.net